KB250908

무지개를 꿈꾸는 그대에게
인생의 간이역에서

- 톨스토이와 함께 떠나는 여행

무지개를 꿈꾸는 그대에게
인생의 간이역에서

- 톨스토이와 함께 떠나는 여행

지은이 · 레프 니콜라예비치 톨스토이
엮은곳 · 무진미디어편집부
초판 1쇄 찍은날 · 2006년 1월 5일
초판 1쇄 펴낸날 · 2006년 1월 10일
펴낸이 · 임순엽
등록번호 · 제11-300호
펴낸곳 · 무진미디어
        서울시 강북구 수유1동 466-49
        Tel. (02)945-3431 Fax. (02)945-3430

ISBN 89-91977-00-6   03810

값 10,000 원

■ 잘못 만들어진 책은 본사나 구입하신 서점에서 교환하여 드립니다.

무지개를 꿈꾸는 그대에게

인생의 간이역에서

- 톨스토이와 함께 떠나는 여행

레프 니콜라예비치 톨스토이 지음
무진미디어 편집부 엮음

무진미디어

인생의 길 위에서 만나는 톨스토이

꿈 많은 청춘이면 누구나 한번쯤 인생의 저 너머에 있는 무지개를 향한 소망을 가졌을 것이다. 그리고 그 무지개를 찾으러 떠나는 인생의 간이역마다 손 흔들어 줄 사람 하나 있다면 얼마나 좋을 것인가. '어디로 가느냐' 고 누군가가 물어 온다면 우리는 무엇이라고 대답할 수 있을까.

인생의 고비마다 우리에게 먼저 지나온 삶의 지혜를 속삭여줄 현명한 동행자가 있다면……. 러시아의 대문호 톨스토이는 바로 우리에게 좋은 삶의 동행이 되어줄 것이다. 그는 허울 좋은 이론뿐인 지식인이 아니라, 말과 행동이 일치하는 실천적인 삶을 살아온 '행동하는 지성인' 이었다.

이 책에서는 톨스토이의 모든 생애에 걸쳐 나타났던 갖가지 사상들을 이해할 수 있도록 각 작품에서 내용을 가려 뽑고 있다. 또한 이 책은 인간들에게 주어진 무수한 삶의 요소들과 외부로부터 내면으로 다가오는 여러 가지 요소들에 이르기까지 톨스토이의 시각에서 바라본 사상적 내용과 새롭게 만날 수 있는 기회를 제공하고 있다. 그가 걸어야 했던 외로운 사상의 길, 예술의 길에서 현재를 살아가는 우리는 또 다른 모습의 톨스토이를 보게 될 것이며, 톨스토이가 어째서 우리 삶의 안내자인가를 깨닫게 될 것이다.

귀족 계급에서 태어났으면서도 평민들의 삶 속에서 자신을 찾아내기를 원했던 톨스토이! 그는 이미 알려져 있는 것처럼 세계적인 대문호이다. 그리고 위대한 사상가이기도 하다. 레닌이 지적한 대로 그는 '가

부장제적인 러시아 농민의 입장’에 서서 조국 러시아와 전환기 러시아 민중들의 삶에 기여하고자 했던 러시아를 사랑하는 러시아 사람이었다. 흔히 ‘기독교적무정부주의자’로 오인되기도 하는 그의 사상을 이해하는 데에는 그가 남긴 삶의 발자취를 살펴보는 일이 필요하다.

또 19세기 고전주의 문학과 20세기 사실주의 문학을 연결하는 역할을 담당한 그의 사실주의에는 거침없는 솔직함과 직설적이다 싶은 내용 표현에다 사회의 모순을 날카롭게 파헤치는 힘이 담겨져 있다. 인간이 살아가는데 요구되는 갖가지 요소들을 찾아내고 한데 묶어내는 데 주력하기도 했던 그 예술은 정해진 선입견을 거부하고 그 나름대로의 새로운 시각을 세우고자 했다. 이미 제재국가의 압제 속에서 살아온 농민들이 자본주의 체제로 유입되는 것을 안타까워하던 그에게 있어 예술은 곧 대중을 위한 것이어야 했으며, 예술을 위한 예술이나 유한계급에 봉사하는 예술은 진정한 예술일 수가 없었다.

우리는 그의 삶의 발자취와 사상의 조각들을 통해서 위대한 인간의 내면을 이해할 수 있을 것이다. 그리고 인생이라는 길 위에서 톨스토이라는 삶의 가이드를 앞세우고, 올바른 우리 인생의 설계도 계획할 수 있다.

무지개를 꿈꾸는 그대여! 자, 이제 톨스토이와 함께 떠나는 여행을 시작해 보자. 그 먼 여정을 위한 인생의 간이역에서 이젠 그대는 길을 헤매지 않아도 될 것이다.

2006년 1월
무진미디어 편집부

contents

007

첫 번째 간이역 – 나와의 만남

자기 자신은 도대체 무엇인가? 그것은 무한한 세계의 일부이다.

-1882년, 『참회』, 제9장에서-

사람이 자기 생활을 높여 간다는 것, 그것은 곧 다른 사람의 생활을 높이는 일이며, 결국에는 남도 자기처럼 여기는 것이다. 그러므로 내가 스스로를 높이면 나는 모든 사람을 높이는 게 되는 것이다.

-1880년, 『교의신학비판』, 결론에서-

무엇이 좋고 무엇이 필요한가를 정하는 것은 다른 사람들의 언행도 아니며, 또한 진보적인 생각도 아니다. 바로 자기 자신과 그 안에 담긴 마음이다.

-1882년, 『참회』, 제3장에서-

우주에서 살아가고 움직이는 모든 것은 어느 누군가의 의지에 의해 이루어졌다. 누군가가 이 모든 우주의 생활과 우리의 생활을 통하여 무엇인가 자기 사업을 하고 있는 것이다. 이 의지의 의미를 이해하려면 우선 첫째로 그 의지가 명하는 바, 곧 우리에게 요구되고 있는 것을 실행하지 않으면 안 된다. 만일 내가 나에게 요구되고 있는 것을 실행하지 않는다면 나는 결코 무엇을 요구받고 있는

지 이해할 수 없을 것이다. 우리들 모두와 우주 전체에 무엇이 요구받고 있는지는 더욱 이해할 수가 없다.

−1882년, 『참회』, 제11장에서−

우리와 같이 상류 사회에 속해 있는 인간에게는 남들과 자기에 대해 거짓말을 하지 않는 일 말고도 더 나아가 잘못에 대해 뉘우치는 일이 필요하다. 교양과 우아함, 재기(才氣) 따위의 허물을 쓰고 우리 몸에 뿌리내려 버린 오만을 긁어내는 일이 필요하다. 그리고 나는 이제 내가 얻었던 쓸모있는 많은 것들을 민중과 나눠 갖는 걸 주저하지 않는 민중의 은인이라고도 할 만한 진보적인 사람이라고 자만했던 짓을 그만두어야겠다. 정녕 죄 많고 타락하여 아무 쓸모 없는 인간임을 인정하면서 참된 인간으로 되돌아가려고 애쓰는 일이 요구된다. 또 민중에게 선(善)을 베풀지 않고 민중을 모욕하고 학대하는 일을 멈춰야만 한다.

'우리는 무엇을 해야 하는가' 하는 물음에 대해 내가 내 스스로에게서 찾아낸 답은 다음과 같다.

첫째, 자기 자신에 대하여 거짓말을 하지 않는다. 자신이 걸어가는 인생길이 이성(異姓)이 펼쳐 보여 주는 진리의 길에서 제아무리 멀리 빗나가 있다 하더라도 결코 진리를 두려워하지 않도록 한다.

둘째, 자기 자신이 남보다 올바르고 뛰어나며, 독자성이 넘치리라는 자만을 버리고 스스로를 죄 많은 인간이라고 인정한다.

셋째, 인류의 영원하며 명백한 규범을 수행한다. 자기와 다른 사람의 생활을 유지하기 위해서는 온 힘을 다해 자연과 싸워야 한다.

-1886년, 『그러면 우리는 무엇을 할 것인가』, 제138장에서-

우리는 남에게 거짓말을 하는 일, 특히 남에 대해 어떠한 종류의 거짓말을 하는 것은 나쁜 짓이라고 여기고 있다. 그러나 우리는 자기 사신에 대한 거짓말을 두려워하지 않는다. 그런데 자기 자신에 대한 거짓말은 실제로 남에 대한 어떠한 악질적이고 노골적이며 사기에 가까운 거짓말보다도 엄청난 결과를 낳는다. 그런데도 우리는 그런 자기 자신에 대한 거짓말 위에다 생활을 구축하고 있다.

무슨 일이든지 거짓말에 의존하기보다는 진실에 의존하는 편이 늘 보다 직접적이고, 보다 신속하게 해결된다. 그러나 다른 사람에게 하는 거짓말은 문제를 더욱 복잡하게 만들고 해결에서 점점 멀어지게 할 뿐이다. 진실인 양 떠벌이는 자기 자신에 대한 거짓말은 그 인간의 일생을 파멸시킨다.

-1886년, 『그러면 우리는 무엇을 할 것인가』, 제138장에서-

스스로 사고(思考)하지 않는 자는 남의 사상에 예속된다. 자기 사상을 남의 사상에 예속시키는 것은 자기 육체를 다른 사람에게 예속시키는 것보다도 훨씬 더 굴욕스러운 노예적 행위이다. 당신

스스로 생각하라. 그리고 남들이 당신에게 뭐라고 하든 마음 쓰지 말라.

-1910년, 『인생의 길』, 제16장에서-

당신 자신에게 있어 가장 중요한 것은 당신이 자기 자신을 어떻게 이해하고 있는가 하는 것이다. 그에 따라 당신이 행복하게 될 수도 불행하게 될 수도 있기 때문이다. 당신의 행복과 불행은 결코 남이 당신을 어떻게 이해하고 있는가에 달려 있는 게 아니다. 그러므로 남들이 어떻게 생각하는지 마음 쓸 건 없다. 어떻게 하면 나의 영적인 생활을 약화시키지 않고 굳건히 지켜낼 수 있는가만 생각하는 게 좋다.

-1910년, 『인생의 길』, 제16장에서-

전쟁이나 감옥 등 온갖 종류의 폭력을 비난하면서도, 자신이 비난하고 있는 그 일에 직접 관여하고 있지 않은 자들이 과연 얼마나 될까. 현대를 살아가는 사람들이 부도덕한 행위를 하고 싶지 않다면, 자신이 참가하도록 종용 받고 있는 일에 대해서 비록 그것이 겉보기에는 죄가 없는 일처럼 보일지라도 아주 주의 깊게 검토해 보아야 한다. 사람이라면 커틀릿(고기에 빵가루를 묻혀 기름에 튀긴 요리)을 먹을 때는 그 요리가 사람 손에 죽은 고기로 만들어졌음을 인식하지 않으면 안 된다.

이와 마찬가지로 무기 공장이나 화약 공장에서 일하거나 혹은 장교로 근무하든지 혹은 세금을 징수하는 관리로 일하고서 돈을 받을 때, 받게 되는 그것이 살인을 위한 준비에 자기가 참여한 데 대한 보수라는 걸 깨달아야 한다. 가난한 자로부터 나온 노동의 대가를 강탈하는 행위에 참여하여 얻게 되는 보수라는 것을 인식해야만 한다. 현대에서 가장 크고 해로운 범죄는, 가끔 행해지는 것이 아니라 끊임없이 행해지고 있으면서도 범죄라고 인정되지 않고 있는 일이다.

-1910년, 『인생의 길』, 제17장에서-

다른 사람에 대해 거짓말을 하는 것은 나쁜 일이다. 그러나 자기 자신에 대해서 거짓말을 하는 것은 더욱더 나쁜 일이다. 특히 그런 거짓말이 해로운 까닭은 남에 대한 거짓말인 경우에는 다른 사람이 그 거짓말을 밝혀 내 주지만, 자기에 대해 거짓말을 하는 경우에는 아무도 그 말이 거짓이라는 걸 밝혀 주는 이가 없기 때문이다. 그러므로 결코 자기 자신에 대해서는 거짓말을 하지 않도록 다짐하지 않으면 안 된다. 신앙 문제에 있어서는 더욱 그러하다.

-1910년, 『인생의 길』, 제18장에서-

진정한 힘은 다른 사람을 정복하는 자에게 있지 않고, 자기를 이겨내고 동물적 본능에 자기 영혼을 지배당하지 않는 자에게 있다.

−1910년, 『인생의 길』, 제22장에서−

스스로를 칭찬하지 말라. 남을 헐뜯지 말라. 다투지 말라.

남을 헐뜯는 것은 어느 때고 옳지 않은 일이다. 비난을 받은 사람의 마음 깊은 곳에서 일어났던 일, 또 일어나고 있는 일은 결코 아무도 알 수 없기 때문이다.

얼굴을 맞대고 사람을 헐뜯는 것은 옳지 않다. 그것은 그 사람을 모욕하는 일이 되기 때문이다. 뒤에서 사람을 헐뜯는 것은 더욱 야비하다. 그것은 그 사람을 속이는 일이 되기 때문이다. 가장 바람직한 태도는 나의 흠을 찾으려 하지도 말고, 남이 지닌 좋지 않은 결점은 잊어버리는 것이다. 자기 자신의 결점을 먼저 찾고, 자기의 좋지 않은 점을 잊지 않는 일이다.

다른 사람이 저지르는 나쁜 짓에 대해 아는 게 적은 사람일수록 자기 자신에게는 엄격한 사람이다.

−1910년, 『인생의 길』, 제23장에서−

자아(自我)를 버린 인간은 강하다. 자아가 움직일 때는 내부에 신(神)을 꼭 숨겨 놓고 있었으나 그가 자아를 내던져 버리자 그의

안에서 이제 그가 아닌 신이 활동하기 때문이다.

－1910년, 『인생의 길』, 제25장에서－

 '나를 사랑하듯이 이웃을 사랑하라' 는 말은 이웃을 사랑하도록 노력하라는 말이 아니다. 사랑하도록 자기에게 강요해서는 안 된다. '이웃을 사랑하라' 는 말은 남을 사랑하라는 말이라기보다 자신을 사랑하는 일을 그만두라는 말이다. 남보다 자신을 더 사랑하는 일을 그만두게 되면 당신은 자신을 사랑하듯이 저절로 이웃을 사랑하게 될 것이다.

 당신이 남에게 준 것은 당신 것이고, 당신이 남에게 주지 않으려고 애쓰는 것은 당신 것이 아니라 남의 것이다. 만일 당신이 무엇인가 자신의 몸에서 떼어 내어 남에게 주었다면 당신은 자기 자신에게 선을 베푼 것이다. 당신이 베푼 선(善)은 영원히 당신 것이 되어 아무도 당신에게서 그것을 빼앗지는 못한다. 비록 당신이 남이 원하는 것을 그에게 주지 않으려고 해도 그것은 아주 잠시, 아니면 아무래도 타인에게 주지 않으면 안 될 때까지 당신이 맡아 둔 것에 불과하다. 당신에게 죽음이 찾아오면 반드시 놓아 주어야 하는 것이다.

 자기 자신을 완전히 버린다는 것은 신이 되는 걸 뜻한다. 자기 자신만을 위하여 산다는 것은 완전히 동물이 되어 버리는 것과 마찬가지이다. 인생이란 동물적인 생활에서 더욱더 멀어지고, 신의

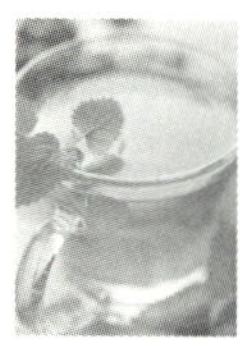

생활에 더욱더 가까워지는 것이다.

-1910년, 『인생의 길』, 제25장에서-

모든 인간 생활에서 아주 중요한 것은 보다 선량하고 보다 훌륭한 인간이 되려는 노력이다. 그러나 이미 스스로를 훌륭한 인간이라고 믿고 있는 사람이 있다면 그가 어찌 보다 더 훌륭한 인간이 될 수 있겠는가?

자기 스스로에게 만족하고 있는 사람은 항상 다른 사람에게는 불만투성이다. 항상 자기에게 불만족스러운 사람은 항상 남에게 만족을 준다.

착한 사람이란 언제까지나 자기 죄는 잊지 않으면서도 자기의 선행(善行)은 금방 잊어버리는 사람이다. 그 반대로 나쁜 사람이란 언제까지나 자기의 선행을 잊어버리지 않으면서도 자기의 죄는 금방 잊어버리는 사람이다.

자기를 용서하지 말라. 그러면 쉽게 남을 용서할 수 있으리라.

선량하고 총명한 인간은 자기보다 남을 훌륭하고 총명하다고 생각하고 있기 때문에 그것을 판별할 수 있는 것이다.

욕을 먹거나 헐뜯음을 받거나 하거든 기뻐하라. 칭찬을 받거나 치켜 세워지거나 하거든 조심하라.

-1910년, 『인생의 길』, 제26장에서-

도덕적인 완성을 위해서 자기 만족만큼 해로운 것은 없다. 다행히 우리가 향상되어 가고 있다 해도 그것은 눈에 보이지 않는 데서 이루어지고 있는 것이며, 그 성과는 긴 시간이 지나서야 알 수 있다.

만일 우리가 자신들의 진보와 향상을 인정하고 있다면, 그것은 우리가 전혀 진보하고 있지 않든가 또는 퇴보해 가고 있는 조짐이다.

-1910년, 『인생의 길』, 제26장에서-

남의 거짓됨을 찾아 내어 이를 폭로하는 일은 통쾌하다. 그러나 자기 자신이 거짓 속에 파묻혀 있다는 걸 깨닫고 자기 자신을 폭로하는 편이 몇 배나 통쾌한 일이다. 되도록 자주 이러한 즐거움을 스스로에게 주도록 마음을 쓰는 게 좋다.

-1910년, 『인생의 길』, 제27장에서-

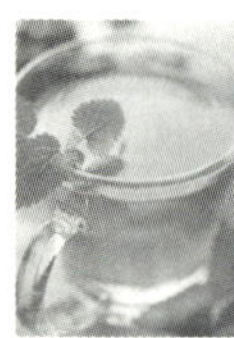

고뇌가 없이 정신의 열매는 맺히지 않는다.

-1886년, 『그러면 우리는 무엇을 할 것인가』, 제37장에서-

자기 희생과 고뇌는 사상가나 예술가의 숙명일 것이다. 왜냐 하면 그들의 목적은 사람들을 행복하게 하는 것이기 때문이다.

실제로 인간이 정신적인 노동으로 남에게 봉사할 사명을 갖는다면 인간은 이 사명을 수행하는 과정에서 항상 괴로움을 겪을 것이다. 정신적 세계는 고뇌하는 진통을 거쳐야만 비로소 태어나는 것이기 때문이다.

-1886년, 『그러면 우리는 무엇을 할 것인가』, 제37장에서-

고뇌의 은혜로움을 의식하지 않는 사람은 아직도 이성적(理性的)인 생활, 곧 진실한 생활을 시작하지 않았음을 보여 주는 것이다.

-1910년, 『인생의 길』, 제28장에서-

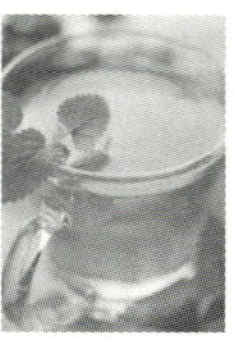

행복한 가정은 어디나 다 비슷비슷하지만 불행한 가정은 저마다 다른 불행을 짊어지고 있다.

-1877년, 『안나 카레니나』, 제1부 제1장에서-

가정 생활에서 뭔가를 이루어 내기 위해서는 부부 사이에 완전한 불화가 있든가 애정의 일치가 있어야만 한다. 부부 관계가 애매하게 이도 저도 아닌 경우에는 어떠한 일도 실제 이루어지지 않는다. 세상에는 남편에게나 아내에게나 늘 지겹기만 한 생활을 그대로 몇 년씩이고 계속하여 되풀이 하고 있는 가정이 많다. 그러나 그것은 부부 사이에 완전한 불화도, 완전한 일치도 없기 때문이다.

-1877년, 『안나 카레니나』, 제7부 제23장에서-

참다운 생활이란 과거의 삶을 이어 받아 현재를 살아가면서 갖는 행복과 더불어 미래에 다가올 삶의 행복을 북돋아 내는 생활을 말한다. 인간이 참다운 삶을 살아가기를 원한다면, 사람의 아들들에게는 삶을 베푸신, 생명이신 아버지의 뜻에 따르기 위하여 아집을 버려야만 한다.

-1884년, 『나의 신앙은 무엇에 있는가』, 제8장에서-

사람은 자신의 몫을 위하여 남에게 일을 시키는 것이 아니라 남

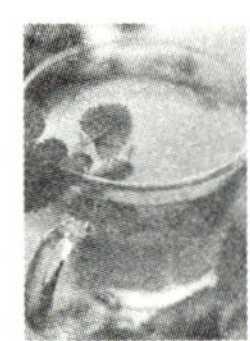

을 위하여 스스로 일하면서 살아가는 것이다. 애써 일하는 사람만
이 먹을 것을 얻으리로다.

-1884년, 『나의 신앙은 무엇에 있는가』, 제10장에서-

현대를 살아가는 모든 사람들은 참된 가치도 없이, 또한 참된 가
치를 알고자 하는 의욕마저 잃어버린 채 살아가고 있다. 뿐만 아니
라 온갖 시시한 일들 가운데서도 가장 시시한 일은 바로, 인간의
삶을 규정짓는 참된 가치를 찾고자 연구하고 노력하는 일이라고
생각한다. 사람들은 그걸 굳게 믿으면서 살아가고 있다.

-1884년, 『나의 신앙은 무엇에 있는가』, 제10장에서-

물레방아는 가루를 곱게 잘 빻는 일에 필요하다. 인생의 목적은
삶을 윤택하고 훌륭하게 만드는 데 있다.

-1887년, 『인생론』, 서문에서-

사람들은 모두 자신만의 행복과 자기 육신의 안위만을 바라며
살아가고 있다. 어떤 사람이 행복해지고 싶다는 생각을 갖고 있지
않다면 그것은 곧 그 사람 자신이 살아 있는 의미를 깨닫지 못하기
때문이리라. 자신의 행복을 바라는 마음과 인생을 떼어 놓고 생각

할 수 없는 게 인간이다. 모든 사람들에게 있어 산다는 것은 행복을 바라며 그것을 얻는 과정과 마찬가지이다. 또한 행복을 바라며 그것을 얻는 일은 산다는 일과 같다.

-1887년, 『인생론』, 제1장에서-

사람의 마음에 가장 먼저 떠오르는 인생의 유일한 목적은 바로 자기 자신의 행복이다. 그러나 자신만을 위한 행복이란 있을 수 없다. 설령 인생에 행복 비슷한 것이 있다 하더라도 자신만 좋으면 된다는 식의 각박한 인생은 움직임 하나하나에서 숨쉬는 순간순간까지 오로지 고뇌와 불행과 죽음 그리고 멸망을 향하여 돌진하고 있을 뿐임을 기억하라.

-1887년, 『인생론』, 제2장에서-

인간의 생활이란 아침에 깨어나 밤에 잠자리에 들 때까지 계속되는 여러 가지 행위를 뜻한다. 매일 사람들은 자기가 할 수 있는 무수한 행위들 가운데서 자기가 해야 할 행위를 끊임없이 선택하지 않으면 안 된다.

-1887년, 『인생론』, 제5장에서-

　사람들이 '나의 인생'이라고 일컫는 것, 즉 태어나면서부터 자신이 걸어온 생존의 길이 결코 진정한 자신의 인생이라고 말 할 수는 없다. '나는 태어나서 현재에 이르는 이 순간까지 줄곧 살아 왔다'는 사람들의 관념은 꿈을 꾸고 있을 때의 착각과 같다. 잠이 깰 때까지는 그것이 꿈인 줄 모르고 살아가는 것과 마찬가지이다. 잠에서 깨어났을 때야 비로소 '아아, 꿈이었구나' 하고 깨닫게 되는 것처럼 이성적인 의식이 싹틀 때까지는 어떠한 인생도 없다고 할 수 있다. 지나간 인생에 대한 관념은 이성적인 의식이 싹텄을 때 비로소 생겨난다.

-1887년, 『인생론』, 제7장에서-

　만일 어떤 사람이 다른 사람과 더불어 함께 살아가고 있음을 모르거나, 쾌락은 진정한 기쁨을 주는 일이 없다는 걸 알지 못하고, 또한 언젠가는 자신도 죽어가리라는 걸 모르고 살아간다면, 그는 자신이 살아 있다는 사실조차 모르는 것이다.

-1887년, 『인생론』, 제9장에서-

　동물적인 개인의 욕망에 기초한 쾌락적 행복을 버리는 것이야말로 인간 삶의 규범이다.

-1887년, 『인생론』, 제15장에서-

　사사로운 행복을 버리는 일은 아름답고 갸륵한 미덕도, 덕행도 아니며 훌륭하고 장한 일도 아니다. 다만 인간이 살아가는 데 피할 수 없는 조건일 뿐이다.

　동물의 경우에는 자신만을 위한 행복을 그 목적으로 삼지 않는 행동, 즉 자기 자신의 행복에 정면으로 대립하는 행동은 곧 바로 사는 것을 부정하는 결과를 낳는다. 그러나 인간의 경우는 전혀 다르다. 제 자신 하나만의 행복만을 얻고자 애쓰는 인간의 행동은 인간다운 삶에 대한 철저한 부정이다.

−1887년, 『인생론』, 제15장에서−

　"당신들은 다시 태어나지 않으면 안 된다"고 그리스도는 말하였다. 이 말은 누군가에게 인간으로 다시 태어날 것을 명한 것이 아니라 인간이면 필연적으로 그렇게 되어야 함을 말한 것이다. 인간이 참된 삶을 지니고 살기 위해서는 자신이 살아가는 동안에 이성적인 의식에 따라 다시 태어나야만 한다는 것 뜻한다.

−1887년, 『인생론』, 제17장에서−

　사람들이 인생은 개인의 행복을 추구하는 것 이외에 아무것도 없다는 견지에 서서 세계를 바라보는 경우, 서로를 멸망시키고야 마는 인간끼리의 비이성적인 투쟁만을 그 세계에서 보게 된다. 그

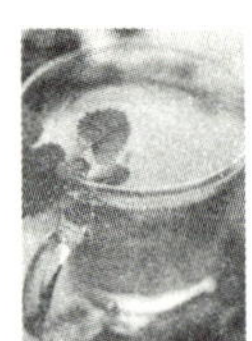

러나 타인의 행복을 바라는 것이야말로 진정한 인생임을 사람들이 인정한다면 전혀 다른 것을 그 세계에서 보게 된다. 즉 우발적 현상인 사람들 사이의 싸움보다도 먼저, 끊임없이 서로에게 봉사하고 있는 인간의 모습을 이 세계에서 볼 수 있을 것이다. 이러한 상호봉사 없이 세계는 성립될 수 없는 것이다.

–1887년, 『인생론』, 제18장에서–

삶을 그 진실된 모습으로 바라보고 있는 사람에게 있어서 그 자신이 병에 걸리거나 나이가 들었다고 해서 '목숨이 얼마 남지 않았다'고 하며 슬퍼하는 건, 마치 빛을 향해 걸어가고 있는 인간이 빛에 가까워짐에 따라 자기의 그림자가 작아지는 것을 서러워하는 것과 마찬가지이다. 또 육체가 무너진다 하여 자기의 삶도 무너질 것이라고 믿는 건, 빛 한가운데로 물체가 들어감에 따라 물체의 그림자가 소멸하는 것을 두고 그 물체 자체가 없어지는 확실한 증거라고 믿는 것과 같다. 이렇게 결론을 짓는 것은 그 그림자만을 너무 오랫동안 보아왔기 때문에 마침내는 그림자를 사물 그 자체라고 착각해 버리는 인간들뿐이다.

–1887년, 『인생론』, 제30장에서–

사람이 죽지 않는다는 믿음은 어느 누구로부터도 얻어 낼 수 있는 게 아니다. 또한 자신 스스로 자기 안에다 영원히 죽지 않으리라는 신념을 심을 수는 없다. 사람이 죽지 않는다는 믿음이 존재하기 위해서는 자신의 삶을 죽음이란 없다고 하는 방향에 맞추어 놓고 파악해야만 한다. 자신이 할 수 있는 인생의 의무를 다하고, 이미 이 세계에서는 받아들일 수 없는 세계에 대한 새로운 관계를 지금의 삶 속에서 확립한 사람만이 미래의 삶을 믿을 수 있다.

−1887년, 『인생론』, 제31장에서−

사람은 누구나 자신이 결코 태어난 적은 없으나 늘 존재해 왔으며 지금도 존재하고 있고 앞으로도 계속 존재하리라는 것을 인식했을 때야 비로소 자신이 죽지 않는다는 걸 깨닫게 되는 것이다. 자신의 삶이 하나의 물결이 아니라 영원한 움직임임을 이해하고, 그러한 영원한 움직임이 지금의 삶에 있어 하나의 물결이 되어 나타난 것뿐임을 이해했을 때 우리는 비로소 죽지 않는다는 걸 믿는 것이다.

−1887년, 『인생론』, 제32장에서−

우리가 살고 있는 것은 우리 자신 스스로를 소중하게 보살피기 때문이 아니라 우리가 인생의 사업을 이루어 나가고 있기 때문이다.

−1887년, 『인생론』, 제33장에서−

기뻐하라! 기뻐하라! 인생의 사업, 인생의 사명은 기쁨이다. 태양을 향해, 별을 우러러, 품을 굽어보며, 나무를 바라보며, 동물을 대하며, 인간을 만나며 기뻐하라. 이 기쁨이 어떤 무엇으로도 파괴되지 않도록 감시하라. 이 기쁨이 깨진다면 그것은 말할 것도 없이 그대가 어디에선가 잘못을 저질렀기 때문이다. 그 잘못을 찾아 내어 바로잡음이 옳으리라.

−1889년, 일기에서−

인생은 유희가 아닙니다. 우리는 스스로 의지에 따라 목숨을 버릴 권리를 갖고 있지 않습니다. 시간의 길이로 인생을 재는 것 또한 어리석습니다.

−1910년, 아내소피아에게 보내는 마지막 편지에서−

　우리가 조금만 깊이 생각해 보면, 우리 자신들이 얻는 기쁨이 다른 사람들의 고통 위에서 얻어진다는 것과 자신이 겪는 고통은 모두 자기 자신이 기쁨을 얻기 위해서 반드시 거쳐야 하는 것이라는 사실을 알 수 있다. 또한 고통 없이는 기쁨도 없고, 고통과 기쁨은 한쪽이 다른 한쪽으로 말미암아 생겨나며, 한쪽이 다른 한쪽을 위해 반드시 있어야만 하는 두 개의 대립된 상태임을 알 수 있다.

　동물과 동물로서 삶을 살아가는 인간의 생활은 끊길 자리가 없는 긴 고통의 사슬이다. 동물과 동물적인 삶 속에서 이루어지는 모든 인간의 활동은 오로지 고통에 의해서 생겨난다. 고통은 병적인 감각이다. 그러나 고통은 이러한 느낌을 없애는 활동인 기쁨의 상태를 불러일으키게 만드는 병적인 느낌이기도 하다. 그리고 동물 및 동물로서의 인간 삶은 고통 때문에 파괴되지 않을 뿐만 아니라 고통에 의하여 비로소 완성된다. 그렇기 때문에 고통은 삶을 움직이는 힘이며, 따라서 없어서는 안 되는 것이다.

　고통에 시달려서 견딜 수 없는 기분에 빠져 있는 사람은 세상의 삶으로부터 자기를 분리시키고 자기 스스로가 지은 죄로 말미암아 세상에 고통을 가져왔는데도 그러한 자기 죄를 인정하려 하지 않는다. 또한 그들은 스스로에게는 죄가 없다고 생각하며, 따라서 세상이 짊어질 죄 때문에 자기가 당하게 되었다고 믿는 고통에 대하여 거역하고자 할 뿐이다.

-1887년, 『인생론』, 제34장에서-

　고통이 증대하는 데에는 한도가 있으나 그 감각이 축소하는 데에는 한도가 없다.

　고통받는 이들에게 바치는 사랑의 봉사와 고통의 일반적 원인인 미망(迷妄)을 뿌리째 없애기 위한 직접적인 활동은 인간이 반드시 해야만 될 일이다. 또한 그것은 인간의 삶을 성립시키는 절대적인 행복을 인간에게 가져다 주는 오직 하나뿐인 기쁨이 넘치는 일이다.

－1887년, 『인생론』, 제35장에서－

　육체의 고통은 인간의 생활 및 행복을 구성하는 데 없어서는 안 될 조건이다.

－1887년, 『인생론』, 제35장에서－

　인간의 의무 수행을 방해할 만한 병은 없다. 노동으로 사람들에게 봉사할 수 없다면 방긋 웃으며 견디는 본보기를 보임으로써 사람들에게 봉사함이 좋다.

－1887년, 『인생론』, 제38장에서－

인간은 누구나 몸에 꼭 들어맞는 옷보다도 양심에 잘 맞는 옷을 걸치는 것이 좋다.

−1910년, 『인생의 길』, 제7장에서−

소심한 사람의 괴로움은 자기에 대해 남들이 어떻게 말하는지를 알지 못하는 데서 생겨난다. 그렇기 때문에 비록 어떠한 평가가 내려지든 간에 일단 자신에 대한 의견이 확실하게 표시되어 분명해지면 그가 가진 괴로움은 당장에 사라진다.

−1852년, 『유년시절』, 제21장에서−

강렬하게 사랑할 수 있는 사람들만이 처절한 슬픔을 맛볼 수 있다. 그러나 또한 그 강렬한 사랑의 욕구가 슬픔을 중화시키는 작용을 하여 사람들의 슬픔을 어루만져 준다. 그렇기 때문에 인간의 정신적인 특질은 육체적인 특질보다도 훨씬 활력에 넘쳐 있다. 슬픔이 결코 사람을 죽이지는 않는다.

허영심은 진정한 슬픔과는 아주 모순되는 감정이다. 그러나 동시에 이 감정은 인간의 본성에 굳게 눌러붙어 있어서 매우 강한 슬픔이 몰아친다고 해도 말끔하게 없어지는 일을 기대하기란 좀처럼 어렵다. 슬픔이 닥쳐왔을 때도 허영심은 남들에게 아주 커다란 비탄에 젖어 있는 것처럼 보이려고 한다든가, 불행한 인간으로 보

이고 싶다든가, 꿋꿋하게 이겨내는 사람으로 보이고 싶다든가 하는 바람으로 나타난다. 이런 천박한 욕망은 우리들 자신이 깨닫지 못한다 하더라도 거의 언제나, 아무리 깊은 슬픔에 잠겨 있는 경우라도 우리 곁에 붙어다니면서 그 슬픔이 지닌 힘과 존엄함과 성실함을 빼앗는다.

-1852년, 『유년시절』, 제22장에서-

자기가 지닌 본질적인 가치로 사람들로부터 존경심을 불러일으킬 자신이 없는 사람은 아랫사람들과 만나는 걸 본능적으로 피하면서도 밖으로는 마구 존대받을 만한 태도를 과시하여 사람들의 비판에서 스스로를 지키려고 애쓰기 마련이다.

-1855년, 『8월의 세바스토폴리』, 제12장에서-

사람들은 흔히 행복하지 못한 인간을 동정해 주는 사람의 얼굴을 보는 걸 좋아하고, 자신의 고통을 이야기하면서 사랑이나 동정 어린 말을 듣기를 좋아하기 마련이다.

-1855년, 『12월의 세바스토폴리』에서-

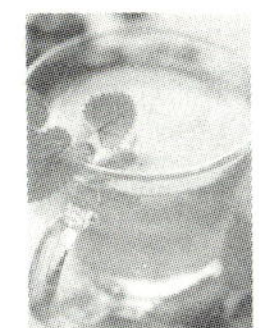

　고통이라는 것은 웬지 깊은 동정 외에 그 고통을 견디고 있는 사람에 대한 높은 존경심과 자칫 그 사람을 모욕하게 되지는 않을까 하는 두려움을 일으키게 만든다.

　중요한 것은 너무 깊이 생각하지 말아야 해요, 생각만 하면 별일도 아니에요, 인간은 생각을 할 줄 알기 때문에 뭐든지 크게 떠벌리는 거예요.

－1855년, 『12월의 세바스토폴리』에서－

　이해할 수 없는 건 바로 인간이다!

－1855년, 『당구 기록원의 수기』에서－

　비록 선량한 사람들이 모여 있다고 할지라도 군중들은 동물적인 추악한 면만으로 연대를 이루고 있다. 이 때문에 군중들은 인간 본성이 지닌 약점과 잔인성을 드러내곤 한다.

－1857년, 『D. 네프류도프 공작의 일기(루체른)』에서－

　상류 사회에 얼굴이 알려져 있을 정도로 권세를 지녔다면 그 권세는 잃어버리지 않도록 소중히 간직해야 할 일종의 밑천이다.

－1869년, 『전쟁과 평화』, 제4장에서－

먼 길을 떠날 때라든가 생활에 엄청난 변화가 생겼다든가 할 때, 자신이 한 일에 대하여 곰곰이 돌이켜 생각해 볼 줄 아는 사람은 깊은 사색적 분위기에 쉽게 젖어든다. 그리고 그럴 때는 대개 과거를 돌아다보며 검토를 하게 되고 미래에 대한 설계도 이루어진다.

−1869년, 『전쟁과 평화』, 제1권 제1부 제23장에서−

위험이 가까이 닥쳐오면 인간의 마음 속에는 항상 똑같은 힘을 가진 두 개의 목소리가 들리게 된다. 한 목소리는 '닥쳐오는 위험이 본래 지니고 있는 특질을 철저하게 잘 살펴서 그로부터 달아날 방법을 생각해야 된다' 라고 매우 사려 깊게 타이른다. 다른 하나의 목소리는 '닥쳐오는 위험을 생각하는 건 너무나도 힘들고 괴로운 일이다. 게다가 모든 걸 샅샅이 알아 내어 위험의 회오리 속에서 도망쳐 나온다는 건 인간의 힘으로는 도저히 해낼 수 없는 일이다. 그러니 진짜 위험이 들이닥칠 때까지 괴로운 일은 생각하지 않고 유쾌한 일만 생각하는 게 좋다' 라고 더 한층 사려 깊게 타이른다. 사람이 혼자일 경우에는 대개 먼저 번의 목소리를 따르지만 여럿이 모이면 반대로 나중의 목소리를 따른다.

−1869년, 『전쟁과 평화』, 제3절 제2부 제17장에서−

034

무슨 일에서건, 좋은 운을 타고 난 호적수(好適手)와 마주치게 되면 금방 상대방이 지닌 좋은 면에는 전혀 눈을 두지 않고 나쁜 면만을 보려는 사람들이 있다. 또 이와는 반대로, 이 운 좋게 만난 호적수에게서 무엇보다 먼저 보다 뛰어난 장점을 찾아 내려 하고, 가슴을 에이는 아픔을 느끼면서도 상대방이 지닌 좋은 면만을 보려는 사람들이 있다.

-1877년, 『안나 카레니나』, 제1부 제4장에서-

사람들은 자세를 바꾸는 데 아무것도 방해하지 않는다는 걸 알고 있을 땐, 다리를 꼰 채 똑같은 자세로 몇 시간이라도 앉아 있을 수 있다. 그러나 다리를 꼰 채로 언제까지고 앉아 있어야 함을 알았을 때는 다리에 쥐가 나고, 다리가 뻣뻣해지는가 하면, 다리를 쭉 펼 수 있는 장소를 찾는 데만 신경을 쓰게 된다.

-1877년, 『안나 카레니나』, 제5부 제28장에서-

인간은 어떠한 상황에 처해도 그 상황에 익숙해질 수 있다. 특히 자기 주위에 있는 사람들이 그렇게 생활하고 있는 것을 본 경우에는 더욱 그렇다.

-1877년, 『안나 카레니나』, 제7부 제13장에서-

인간은 자기가 좋다고 생각하는 일을 하기 위해서라기보다도 되도록 나의 것이라고 부를 수 있는 많은 것을 얻기 위해 인생의 목표를 세운다.

-1886년, 『호르스토메르』, 제6장에서-

남에게 무엇인가를 빌려 주는 일은 산기슭으로 물건을 내던지는 것과 같으나, 그 빚을 거둬들이는 일은 산 위로 다시 물건을 끌어올리는 것과 같다.

-1886년, 『술의시작』, 제3막 제5장에서-

강아지라면 집에 데려와 귀여워하면서 기르고, 먹이를 주고, 물건을 입에 물고 나르는 걸 가르치면서 즐거워하면 그만이다. 그러나 인간은 귀여워하면서 기르고, 먹이고, 희랍어를 가르치는 것만으로는 충분하지 않다. 인간에게는 사는 일을, 곧 남한테서는 보다 적게 가져오고 남에게 보다 많이 주는 것을 가르쳐야만 한다.

-1886년, 『그러면 우리는 무엇을 할 것인가』, 제9장에서-

인간에게는 인간이 되는 일정의 자격 요건이 있다. 그것은 인간에게 주어진 손과 발을 본래의 목적에 맞게 사용하는 것이다. 음식

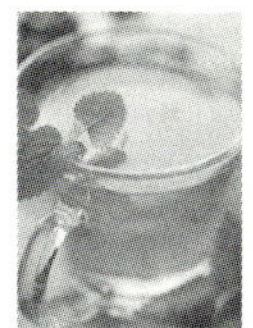

을 섭취하는 일은 그 음식을 생산을 하기 위해 노동을 하는 데 꼭 필요하다. 손발은 씻고 다듬기 위해서만 있는 것은 아니라는 걸 잊지 말고 손발을 하릴없이 놔 두어 퇴화시키지 말아야 한다. 단지 음식이나 음료를 입에 넣거나 담배를 입에 무는 일을 하기 위해서 손을 써서는 안 된다. 이것이 바로 인간의 신성한 의무이며 책무이다.

-1886년, 『그러면 우리는 무엇을 할 것인가』, 제39장에서-

보통 보수주의자라고 일컬어지는 건 대개 나이가 많은 사람들이고, 진보주의자라고 일컬어지는 건 대개 젊은이들이라고 알려져 있다. 그러나 이 말이 전적으로 옳지는 않다. 대개의 젊은이들이 보수적이다. 젊은이들은 항상 살고 싶다는 욕망이 앞서 있어 어떻게 살 것인가를 생각하지 않으며, 또 생각할 겨를도 없다. 그래서 널려 있는 재래식 생활을 그대로 본보기로 삼아 삶의 방식을 고르는 것이다.

-1890년, 『악마』, 제1장에서-

사람은 누구나 스스로 나쁘다고 생각되는 일을 하지 않을 수는 있다. 그러나 나쁜 것을 나쁘지 않다고 생각하게 만들 수는 없다.

-1893년, 『신의 나라는 너희 안에 있다』, 제6장에서-

사람은 자기의 의지와 무관하게 자기 양심에 꺼리는 입장에 놓이는 일은 없다. 만일 당신이 어떤 입장에 놓여 있다고 한다면, 그것은 다른 누군가에게 필요하기 때문이 아니라 자기 자신이 그러하기를 바라고 있기 때문이다.

-1893년, 『신의 나라는 너희 안에 있다』, 제6장에서-

　사람이 자기 얼굴이나 육체를 스스로 자랑하는 것은 바보 같은 짓이다. 그러나 자기 친지나 조상, 친구나 계급이나 민족을 자랑하는 것은 그보다 더 바보스런 짓이다.

　이 세상에 있는 대부분의 악(惡)은 이 바보 같은 오만한 마음에서 비롯된다. 사람과 사람 사이에 아옹다옹하는 것도, 집안끼리 다투는 일도, 민족과 민족간의 전쟁도 모두 다 이 오만으로부터 비롯된다.

　자기 자신에게 만족하고 있는 사람일수록 만족할 만한 값어지가 있는 것은 조금 밖에 가지고 있지 않다.

−1910년, 『인생의 길』, 제12장에서−

　오만한 인간은 얼음으로 된 껍질을 뒤집어쓰고 있는 것과 같다. 아무리 좋은 감정이라 해도 이 껍질을 깨고 들어갈 수는 없다.

　자기 자신을 다른 누구보다도 뛰어나다고 생각하는 것은 좋지 않은 일이며 어리석은 일이다. 이는 우리들 누구나가 다 알고 있는 사실이다. 자기 가정을 다른 어떤 가정보다도 뛰어나다고 생각하는 것은 더욱 나쁜 일이며 더욱 어리석은 일이다. 그러나 우리는 자주 이 사실을 잊어버릴 뿐만 아니라 그것을 특별한 미덕이라고까지 여기고 있다. 자기 민족을 다른 어떤 민족보다도 뛰어나다고 생각하는 것은 정말 이 세상의 어리석은 일 가운데서도 가장 어리석은 일이다. 그런데 사람들은 그것을 좋지 않은 일이라고 생각하

지도 않고 오히려 위대한 미덕으로 여기고 있다.

오만한 인간은 저마다 자기 자신아 다른 어느 누구보다도 뛰어나다고 생각하는 것만으로는 모자라서 더 나아가 자기 민족이, 즉 러시아인이면 러시아인이, 폴란드인이라면 폴란드인이, 유태인이라면 유태인이 다른 어떤 민족보다도 뛰어나다고 생각한다. 이 같은 민족적인 오만심은 개인적인 오만심이 아무리 해롭다 해도 그보다 훨씬 더 몇 배나 해롭다. 이 오만심 때문에 몇백만인지 알 수 없는 엄청난 수의 사람들이 죽어갔으며 또 죽어가고 있다.

−1910년, 『인생의 길』, 제12장에서−

오만심과 자기 자신이 지닌 인간으로서의 가치를 인식하는 것은 전혀 별개이다. 오만심이란 다른 사람이 겉치레로 해 주는 존경의 뜻과 칭찬에 의해 조장된다. 이와 반대로 자기 자신이 지닌 가치는 다른 사람이 겉으로 드러내 놓고 자신에게 퍼붓는 모욕과 비난에 의해 더욱 강화된다.

오만한 인간은 여러 가지 벌을 받는다. 그 중에서도 가장 무거운 벌을 그가 어떤 아름다운 면모를 지니고 있다 해도, 또한 아무리 노력한다 해도 사람들에게 전혀 사랑을 받지 못하는 것이다.

−1910년, 『인생의 길』, 제12장에서−

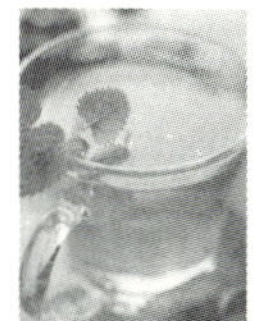

　　인간은 자기가 한 일을 스스로 자랑할 수는 없다. 왜냐 하면 그가 좋은 일을 했다고 하더라도 그것은 모두 다 그 자신이 한 것이 아니라 그 안에 사는 하느님이 한 것이기 때문이다.

　　우리는 신(神)의 도구이다. 우리는 우리가 무엇을 해야 하는지를 알고 있다. 그러나 무엇 때문에 우리가 그것을 해야 하는지는 모른다. 이 사실을 깨달은 사람은 어떻게든 겸손해지지 않을 수 없다.

－1910년, 「인생의 길」, 제26장에서－

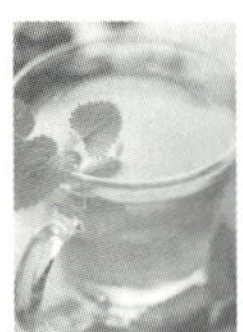

인간은 저마다 다른 습관을 갖고 있다. 그런데 어째서 술 마시고 담배 피우는 습관만은 모든 인간이, 그야말로 부자이든 가난뱅이든 똑같이 갖고 있는 것일까? 그것은 대다수의 인간들이 자신의 생활에 불만을 갖고 있기 때문이다. 인간이 자기의 생활에 불만을 갖는 것은 모든 인간들이 육체의 쾌락을 쫓고 있기 때문이다. 육체는 결코 만족하는 법이 없다. 이러한 불만 때문에 인간은 누구나 가난뱅이건 부자건 술 마시고 담배 피우는 일로 자신을 잊으려고 애쓰는 것이다.

한 사람이 자신에게 불필요한 것을 많이 거머쥐고 있다면 그것은 곧 다른 많은 사람들이 필요한 것을 갖는데 부자유를 겪고 있다는 걸 뜻한다.

−1910년, 『인생의 길』, 제7장에서−

인간이 훌륭하게 살기 위해서는 무엇보다도 이성(異姓)이 필요하다. 그러므로 인간이 가장 소중히 해야 하는 것은 이성이다. 그런데 사람들은 담배나 술이나 보드카나 아편으로 이성을 죽이는 일에서 쾌락을 찾아 내고 있다. 왜 그러한가? 그것은 사람들이 이성을 죽이지 않고서 나쁜 생활을 하려고 할 때, 이성으로부터 그것은 나쁜 생활이라고 타이름을 받기 때문이다.

−1910년, 『인생의 길』, 제7장에서−

몸에 통증이 느껴지면 몸 어딘가에 이상이 생겼음을 알 수 있다. 그 이유는 해서는 안 되는 일을 하고 있든가, 해야 할 일을 안 하고 있든가 하는 어느 한쪽에 있기 마련이다. 정신적인 생활에 있어서도 마찬가지이다. 만일 우울이나 초조함을 느낀다면 어디엔가 이상이 생겼다고 생각하지 않으면 안 된다. 즉 사랑해서는 안 되는 것을 사랑하고 있든가, 사랑해야 하는 것을 사랑하지 않든가 하는 어느 한쪽이기 마련이다.

포식·무위(無爲)·육욕은 그 사체가 좋지 않은 것이나, 그러나 더욱 좋지 않은 것은 이러한 죄들이 가장 좋지 않은 죄를 낳는다는 것이다. 즉 다른 사람에 대해 악의와 증오를 품는 죄를 낳는다.

무서운 것은 강도도, 살인도, 사형도 아니다. 강도란 무엇인가? 그것은 한 인간으로부터 다른 인간에게로 재화(財貨)가 옮겨지는 것이다. 이러한 일은 늘 있어 왔고 앞으로도 있을 것이다. 이는 무서운 일이 아니다. 사형 또는 살인이란 무엇인가? 그것은 인간이 삶에서 죽음으로 옮겨가는 일이다. 이러한 일은 늘 있어 왔고, 지금도 있으면 앞으로도 있을 것이다. 이 또한 무서운 일이 아니다. 정작 무서운 것은 강도나 살인이 아니라 서로를 미워하는 인간의 감정이다. 인간의 증오야말로 무서운 것이다.

−1910년, 『인생의 길』, 제11장에서−

어떤 사람이 당신에게 무례하게 굴었다. 당신은 그 사람에게 화를 냈다. 일은 그것으로 끝이 난다. 그러나 당신 마음 속에는 그 사람에 대한 미움이 뿌리내리고 말았다. 그래서 당신은 그 사람을 생각하면 화가 치밀기 시작한다. 그것은 마치 당신의 마음의 문 앞에 늘 서 있던 악마가 당신이 그 사람에게 미움을 느낀 순간부터 지체할 것 없이 마음의 문을 밀치고 당신 마음 속으로 들어가 주인 행세를 하면서 그곳에 들어앉아 버린 것과 같다. 그 악마를 쫓아내라. 그리고 앞으로는 더욱 조심하여 악마가 들어가려고 언제나 노리고 있는 마음의 문이 열리지 않도록 해라.

-1910년, 『인생의 길』, 제11장에서-

인간이 자기 자신을 높이 평가하면 할수록 다른 사람에 대하여 미움을 갖기 쉽다. 인간은 겸허하면 할수록 선량해지고, 화를 내는 일도 적어진다.

증오는 항상 무력(無力)으로부터 태어난다.

자기 주위에는 항상 나쁜 사람들만 들끓는다고 당신은 말한다. 만일 당신이 진심으로 그렇게 생각하고 있다면, 그것은 당신 자신이 대단한 악인(惡人)임을 밝혀 주는 틀림없는 증거이다.

-1910년, 『인생의 길』, 제11장에서-

044

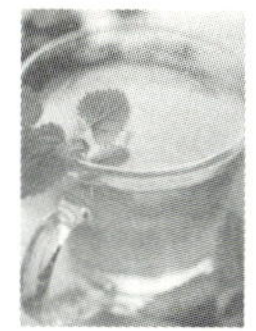

　　인간은 자주 다른 사람들의 결점을 들추어냄으로써 자기 존재를 부각시키려고 한다. 그러나 그는 그렇게 함으로써 자기의 결점을 드러내고 있는 것이다.

　　인간은 총명하고 선량한 사람일수록 다른 사람들의 좋은 점만을 인정한다. 그러나 어리석고 심술궂은 인간일수록 다른 사람들의 결점만을 찾는다.

　　다른 사람과의 사귐이 자신에게나 상대에게나 고통이 되지 않도록 하기 위해서는 그 사람에게 사랑이 느껴지지 않는 경우에 그 사람과 사귀지 말도록 하라.

　　약간 화가 났으면 무엇을 하기 전이나 혹은 무슨 말을 하기 전에 꼭 열까지 세도록 하라. 화가 많이 났으면 백까지 세도록 하라. 화가 날 때 마다 이 말을 기억해낸다면 수를 셀 필요가 없어질 것이다.

　　깊은 강물은 돌을 집어던져도 흐려지지 않는다. 사람도 이와 똑같다. 모욕을 받고서 금방 발끈해지는 사람은 깊은 강물이 아니라 얕은 물웅덩이다.

-1910년, 『인생의 길』, 제11장에서-

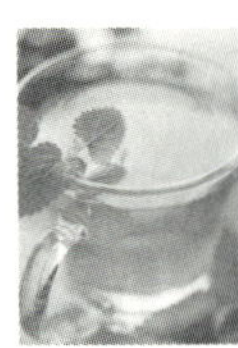

신은 우리에게 하루를 주셨고, 신은 우리에게 힘은 주셨다. 그리고 신이 주신 하루와 그 힘은 노동에 바쳐지고, 그 대가는 노동 그 자체에 있었다.

−1877년, 『안나 카레니나』, 제3부 제12장에서−

　이 세상을 살아가는 사람들은 아주 약간의 식량밖에 저축해 놓은 게 없이 계속 물에 잠겨드는 배에 타고 있는 것과 같다. 누구나 신(神)이나 자연에 의해 이 조금밖에 남지 않은 식량을 소중히 아끼면서 끊임없이 뱃바닥의 물, 고다 궁핍을 퍼내지 않으면 안 되는 상태에 놓여 있는 것이다. 우리 가운데 어느 한 사람이 이 노동을 잠깐이라도 쉬게 되면 다른 사람의 노동을 빼앗게 되는, 아주 자그마한 것이라고 해도 공동의 사업에 해로운 행위를 불러일으키게 된다면 그것은 우리 자신의 파멸이기도 하며, 우리 형제들의 파멸이기도 하다.

-1886년, 『그러면 우리는 무엇을 해야 하는가』, 제26장에서-

　육체노동은 지적 활동의 가능성을 배제하지 않을 뿐 아니라 지적 활동의 질을 높여 주고, 나아가 지적 활동을 향상시키고 북돋아 낸다는 것이 명백해졌다.

　노동이야말로 자기 일생 동안 해야 될 사업이며 기쁨이라고 믿는 사람은 다른 사람이 하는 노동에 의하여 자신이 해야 할 노동이 줄어드는 것을 바라지 않는다.

-1886년, 『그러면 우리는 무엇을 해야 하는가』, 제39장에서-

사람의 생활이 노동으로 충만해져 있으면 그 사람에게는 방이나 가구, 갖가지 아름다운 의상들도 필요없게 된다. 호화로운 식사도 마다하게 되고, 마차나 말이나 오락도 필요하지 않게 된다.

−1886년,『그러면 우리는 무엇을 해야 하는가』, 제39장에서−

자신이 다른 사람에게 주고 있는 노동보다 더 많은 노동을 남한테서 받는 것은 잘못이다. 그러나 내가 남에게 주고 있는 노동이 더 많은가, 남에게서 가져 오고 있는 노동이 많은가를 저울질해 볼 수도 없을뿐더러 인간이 언제 어느 때 몸이 약해져 병에 걸리기라도 해 남에게 주지는 못하고 남한테서 가져오기만 하게 될른지 모를 일이다. 그러므로 힘이 있는 동안에 되도록 남을 위하여 많이 일하고 남한테서는 되도록이면 적게 취해야 한다는 걸 마음에 새겨두도록 하라.

스스로 할 수 있는 일을 남에게 시켜서는 안 된다. 사람들이 모두 자기 집 앞을 쓸면 되는 것이다. 모두가 그렇게 하면 온동네가 깨끗해질 것이다.

자기 손을 사용하여 일하지 않는 사람은 건강한 육체가 가져다 주는 혜택을 입지 못한다.

또한 건전한 사상도 머리에 떠오르지 않는다.

−1910년, 『인생의 길』, 제9장에서−

　　스스로 일하지 않고 다른 사람들의 노동에 의지하여 생활하고 있는 부자들은, 그들 스스로 뭐라고 자칭하든지 간에 스스로 일하지 않고 남의 노동력을 빼앗고 있는 강도들이다. 게다가 이러한 강도에는 세 종류가 있다. 먼저 자기들이 강도임을 깨닫지 못하거나 또 깨달으려고 하지 않고 태연하게 자기 형제들에게서 강도질하고 있는 자들이다.

　　다음으로 자신들의 잘못을 깨닫고 있으면서도 자기들이 군인이나 관리로 근무하고 있다는 것으로, 또는 남을 가르치고, 책을 쓰고, 책을 출판하고 있다는 것으로, 자신들의 강도 행위를 정당화할 수 있으리라 생각하면서 강도질을 계속하고 있는 자들이다. 그 다음으로는 자신들의 죄를 알고 있어 그 죄에서 빠져 나오려고 애쓰는 자들이다. 그리고 반갑게도 이제는 이 가운데서 세 번째 부류의 사람들이 점점 늘어나고 있다.

　　유한계급의 인간들이 하는 일이란 게 대개가 노동자들의 노동을 경감시켜 주기는커녕 반대로 노동자들에게 새로운 노동을 부과시키게 되는 그런 일들뿐이다.

　　아무리 불결한 노동이더라도 부끄러워 할 필요가 없으며, 부끄러워할 일도 아니다. 부끄러워해야 할 일은 오직 하나, 무위(無爲)의 생활이다.

–1910년, 『인생의 길』, 제9장에서–

신분이나 부(富)에 따라 인간을 존경해서는 안 된다. 그 인간이 수행하고 있는 일에 따라서 인간을 존경해야만 한다. 그가 하는 일이 유익하면 할수록 그 사람은 존경받기에 마땅하다 그러나 세상은 그와 반대이다. 놀고먹기만 하는 부자들을 존경하기나 하지, 모든 사람을 위하여 더없이 유익한 일을 하고 있는 사람들만 농민이나 노동자들을 존경하지 않는다.

-1910년, 『인생의 길』, 제9장에서-

놀고 있는 부자들은 그 호사스런 생활로 사람들의 눈을 속이려고 기를 쓰고 있다. 그들은 거지들이 경멸받아 마땅한 인간들이므로 그렇게라도 하지 않으면 모든 사람들에게 멸시당하고 만다는 것을 알아차리고 있는 것이다.

악마는 인간을 낚아 올리려고 여러 가지 미끼를 내건다. 그런데 게으름뱅이를 낚는 데는 어떠한 미끼도 필요하지 않다. 게으름뱅이들은 미끼가 걸려 있는 않은 바늘도 덥석덥석 물기 때문이다.

-1910년, 『인생의 길』, 제9장에서-

　사람들은 인간의 생활이 시간, 곧 과거와 미래 속에서 지나간다고 생각하고 있다. 그러나 그렇게 생각될 뿐이다. 참다운 인간의 생활은 시간 속에서 지나가는 것이 아니라 과거와 미래가 만나는 곳이며 우리가 잘못 알고 현재라고 부르고 있는, 그 시간이 없는 한 점에 늘 있는 것이다. 현재라고 하는 시간이 없는 이 한 점에서, 오직 이 한 점에서만 인간은 자유로운 것이다. 따라서 현재 안에, 오직 현재 안에서만 참다운 인간의 생활이 존재한다.

－1910년, 『인생의 길』, 제21장에서－

　미래의 일을 생각해서는 안 된다. 오로지 이 현재에서 자기 자신과 다른 사람의 생활을 기쁘고 즐거운 것으로 만들도록 애써야 한다. "내일 일은 걱정하지 말라. 내일 걱정은 내일에 맡겨라(마태복음 6장34절)."이것은 위대한 진리이다. 미래를 위하여 무엇을 해야 하는가, 그것은 결코 알 수 없다. 그렇기 때문에 인생은 멋진 것이다. 다만 언제 어느 때나 해당되며 반드시 하지 않으면 안 되는 것이 하나 있다. 그것은 현재 이 순간에 모든 인간을 사랑하는 일이다.

　만일 당신에게 오늘 좋은 일을 할 수 있는 기회가 주어졌다면 결코 그것을 다음으로 미뤄서는 안 된다. 당신이 해야 할 일을 다 했나 하지 못했나 하는 것과는 상관없이 죽음은 찾아오기 때문이다. 죽음은 어느 누구도 기다려 주지 않는다. 그러므로 인간에게 있어 이 세상에서 가장 중요한 것은 그가 지금 하고 있는 일이다.

시간은 없다. 있는 것은 순간뿐이다. 그리고 거기 그 한 순간에 우리의 모든 생활이 있다. 그러므로 그 한 순간에 우리의 온 힘을 쏟아 내놓지 않으면 안 된다.

시간이 흐른다고 우리는 말한다. 이 말은 옳지 않다. 흐르고 있는 것은 우리들이지 시간이 아니다. 우리가 배를 타고 강물을 저어 갈 때, 움직이는 것은 강기슭이지 우리가 타고 있는 배가 아니라고 느끼는 것처럼 시간 또한 그러하다.

내일 일은 생각하지 않는 게 좋다. 내일 일을 생각하지 않기 위한 방법은 하나 밖에 없다. 나는 오늘의 이 시간, 이 순간의 일을 훌륭하게 해내고 있는가 아닌가에 대해 끊임없이 생각하는 일이다.

자기는 지금 건강을 해치고 있다고 의식하는 일, 또 건강을 회복하려고 여러 가지로 마음을 쓰는 일, 특히 '나는 지금 건강이 몹시 안 좋아서 아무것도 할 수 없다. 그러니 건강해지고 나서 하자' 라고 생각하는 것 등은 모두 다 죄로 이르게 하는 커다란 유혹들이다.

그것은 곧 지금 자기가 지니고 있는 것은 싫다고 하면서 없는 것을 탐내는 걸 뜻하는 게 아닌가! 지금 주어진 것에서 기쁨을 느끼는 일은 언제나 할 수 있다. 또 지금 있는 것, 즉 지금 갖고 있는 힘을 충분히 발휘한다면 거의 모든 일들이 언제나 가능한 것이다.

−1910년, 『인생의 길』, 제21장에서−

'지금 내가 놓인 처지에서는 내게 주어진 일을 다 해낼 수가 없다.' 우리는 흔히 이렇게 말하기도 하고 생각하기도 한다. 그러나 이 얼마나 큰 잘못인가! 삶의 토대를 이루는 내적인 활동은 언제나 가능하다. 설령 당신이 감옥에 쳐넣어질지라도, 혹은 학대를 당하고 박해를 받는다 하더라도, 당신의 내적인 생활은 당신의 지배 아래에 있다.

요컨대 당신은 머리 속으로는 남을 책망하거나 비난하거나 부러워하거나 미워하거나 할 수 있으며, 또한 마음 속에서 이런 감정들을 억제하여 좋은 감정으로 바꿀 수도 있다. 그러므로 당신 생활의 모든 순간들은 당신의 것이며, 그 누구도 당신의 것을 당신에게서 빼앗을 수는 없다.

지난 일을 되짚어 생각하고 앞으로의 일을 예측하는 능력이 우리에게 주어져 있는 것은, 과거 또는 미래에 대한 고찰을 바탕으로 하여 현재의 행위를 올바르게 결정하기 위한 것이다. 결코 지나간 일을 슬퍼하거나 미래를 준비하기 위한 것은 아니다.

인생에서 가장 중요한 것은 사랑이다. 그러나 사랑한다는 것은 과거나 미래에서는 불가능한 일이다. 사랑한다는 것은 오직 지금 이 순간에만 가능한 것이다.

−1910년, 『인생의 길』, 제21장에서−

  '죽음을 잊지 말라!(Memento mori)' 라는 말은 참으로 위대한 말이다. 우리는 필연적으로 언제가 죽는다. 우리가 이러한 사실을 잊지 않고 살아간다면 우리의 모든 생활은 완전히 달라질 것이다. 만일 어떤 사람이 자기가 30분 뒤에 죽는다는 걸 안다면, 그는 절대로 그 30분 동안에 시시한 짓이나 어리석은 짓, 특히 나쁜 짓을 하려고는 하지 않을 것이다. 가령 죽음과 당신 사이에 가로놓인 세월이 50년이 된다 해도 그 50년은 결국 이 30분과 같은 것이 아닐까?

  우리의 행위로 말마암아 생기는 모든 결과는 우리로서는 도저히 알 수 없는 것들이다. 우리가 하는 행위의 결과는 모두가 무한한 세계와 무한한 시간 속에서 무한하게 존재하기 때문이다.

−1910년, 『인생의 길』, 제21장에서−

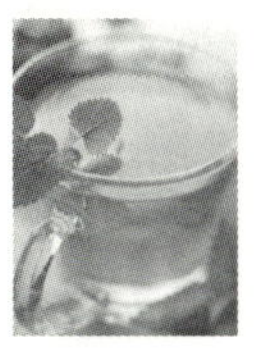

  그녀는 자기 인생에 있어서 가장 훌륭하면서도 가장 위대한 사업을 성취하였다. 그것은 다름 아닌 회한도 없이, 공포도 없이 죽음을 맞이했다는 것이다.

−1852년, 『유년시절』, 제28장에서−

  죽음의 공포는 육체의 스러짐과 함께 삶의 행복을 잃게 된다는 공포에서 생겨난다. 만일 사람이 다른 사람의 행복을 자신의 행복처럼 여길 수만 있다면, 즉 자신을 사랑하는 것 이상으로 남을 사랑하게 된다면, 자신만을 위해 살아가는 사람들이 생각하는 것처럼 죽음을 행복과 삶의 단절이라고는 여기지 않을 것이다.
  또한 다른 사람을 위해 살아가는 사람들은 죽음을 행복과 삶의 단절이라고 생각하지 않을 것이다. 왜냐 하면 다른 사람의 행복과 삶은 남들에게 봉사하며 살아가는 사람들의 삶에 의해 파멸되는 일이 없을 뿐만 아니라, 그 삶의 희생으로 말미암아 더욱더 드높아지고 굳건해지기 때문이다.

−1887년, 『인생론』, 제18장에서−

  자기가 자신만을 사랑하면서 다른 사람들과 다투면 다툴수록 그 사람들은 한층 더 강한 적의를 품고 맞서 올 것이다. 고통을 피하려고 하면 할수록 고통은 더욱더 심해질 것이다. 죽음으로부터 도망

가려고 하면 할수록 죽음은 점점 두려운 존재로 다가올 것이다.

−1887년, 『인생론』, 제9장에서−

죽음에 대한 공포는 죽음 자체에 대한 공포라기보다 거짓된 삶에 대한 공포이다. 흔히 사람들이 죽음의 공포 때문에 자살한다는 사실은 그것을 증명하는 제일 좋은 증거이다.

육체의 죽음은 공간적 육체와 시간적 의식을 소멸시키지만, 그러나 삶의 바탕을 이루는 것, 즉 세계와 각 존재 사이에 성립되는 특수한 관계를 소멸시키지는 못한다.

−1887년, 『인생론』, 제28장에서−

죽음의 공포는 사람들이 그들 자신의 그릇된 관념 때문에 국한되어 버린 삶의 작은 부분을 인생이라고 잘못 여기는 데서 비롯된다.

−1887년, 『인생론』, 제29장에서−

삶은 세계에 대한 관계이다. 삶의 진행은 새롭고 보다 높은 차원에서 이루어지는 관계의 확립이다. 따라서 죽음은 새로운 관계로 들어가는 일이다.

−1887년, 『인생론』, 제30장에서−

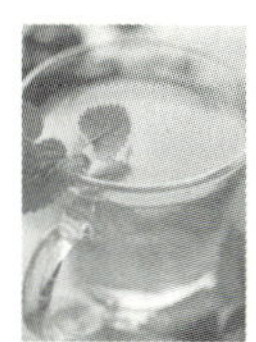

인간이 죽는 것은 이미 이 세계에서는 그가 원하는 참된 생활의 행복이 더욱 늘어날 수 없게 된 까닭이다. 그가 폐를 앓고 있었거나 암에 걸렸다거나 총에 맞았다거나 폭탄에 맞거나 하는데 이유가 있는 것이 아니다.

우리는 때로 사람이 죽어서는 안 될 때에 죽는 것처럼 보이는 경우를 경험하지만 그런 일은 있을 수 없다. 사람이 죽는 것은 다만 그 자신의 행복을 위하여 필요한 때뿐이라는 것이다. 사람이 성장하고 어른이 되는 것이 그의 행복을 위하여 필요한 때뿐이라는 것과 마찬가지로…….

−1887년, 『인생론』, 제33장에서−

사람의 눈에 죽음과 고통이 재난으로 비치는 것은 인간이 육체적이고 동물적인 생존의 법칙을 자신한테 주어진 삶의 법칙이라고 잘못 알고 있기 때문이다. 단지 그가 인간이면서도 동물과 다를 바 없는 처지로 전락해 버렸을 때, 그는 죽음과 고통을 보게 되는 것이다.

−1887년, 『인생론』, 결론에서−

인간에게는 늘 자살할 가능성이 주어져 있다. 따라서 인간은 자살할 수가 있다(자살할 권리가 있다). 그래서 인간은 그 권리를 끊

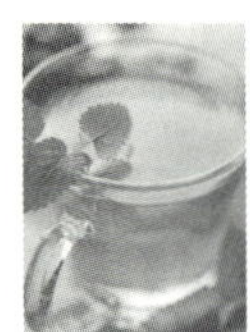

임없이 누리기 위해 결투나 전쟁으로, 혹은 타락한 생활에 빠져 들어, 혹은 보드카나 담배나 아편 따위로 자신과 자신의 목숨을 끊고 있는 것이다.

-1900년, 『자살에 대하여』에서-

삶은 멸망할 수 없는 것이다. 삶은 시간과 공간을 초월한 것이다. 따라서 죽음은 단지 삶의 형식을 바꿔 놓을 수 있을 뿐이며, 이 세상에서 가졌던 삶의 모습을 중단시킬 뿐이다.

-1900년, 『자살에 대하여』에서-

사는 것은 죽는 것이다. 잘 사는 것은 잘 죽는 것이다. 그러므로 잘 죽도록 노력해야 한다.

-1905년, 일기에서-

천둥은 이미 벼락이 떨어진 뒤에서야 치는 것이므로 천둥이 칠 때는 벼락에 맞아 죽을 위험은 전혀 없다는 사실을 우리는 알고 있다. 그런데도 우리는 천둥소리를 들을 때마다 무서움에 떨곤 한다. 죽음의 경우도 마찬가지이다. 삶의 의미를 제대로 이해하지 못하는 사람들은 모든 것이 죽음과 함께 사라져 버린다고 생각한다. 그

래서 그들은 죽음을 겁내고, 죽음으로부터 달아나 숨으려고 한다.
마치 어리석은 인간이 천둥소리를 듣고서 이미 벼락에 맞아 죽을
위험은 전혀 없는데도 불구하고 달아나 숨어 버리듯이.

죽음을 두려워하는 것은 환상을 두려워하는 것, 즉 존재하지 않
는 것을 두려워하는 것과 같다.

－1910년, 『인생의 길』, 제29장에서－

사후 세계가 있는가 없는가 하는 문제는, 시간이 육체 속에 갇혀
제약을 받고 있는 우리들 사고방식의 소산인가, 아니면 모든 존재
에게 있어 없어서는 안 될 조건인가 하는 문제이다.

시간이 모든 존재에게 없어서는 안 될 조건이 아니라는 사실은
시간에 소속되지 않는 것, 즉 현재를 살아가는 자기의 삶을 바로
우리가 자신 속에서 인식함으로써 입증된다. 그러므로 사후 세계
가 있는가 없는가 하는 문제는 실은 시간에 대한 우리의 관념과 현
재를 살아가는 우리 삶의 의식, 둘 중에 어느 것이 더 현실적인가
하는 문제라는 걸 알 수 있다.

죽음, 그것은 우리의 영혼을 감싸고 있는 바깥쪽 껍질의 변화일
뿐이다. 바깥쪽 껍질과 속에 들어 있는 알맹이를 혼동해서는 안
된다.

우리 모두에게는 반드시 죽음이 찾아온다는 것, 죽음이라는 사
실보다 더 확실한 것은 아무것도 없다. 죽음은 오늘이 가면 내일이

온다는 사실보다도, 낮 다음엔 밤이 오는 것보다도, 여름이 지나면 꼭 겨울이 오는 것보다도 더 확실한 일이다. 그런데 어째서 우리는 내일과 밤과 겨울에 대해서는 준비할 줄 알면서 죽음에 대해서는 준비하지 않는 것인가? 죽음에 대비하지 않으면 안 된다. 죽음에 대한 준비는 다름 아닌 한 가지, 바른 생활을 하는 일이다. 올바른 생활을 하면 할수록 죽음의 공포는 줄어들고 죽음을 편안하게 맞이하게 된다. 성자(聖者)에게 죽음이란 없다.

−1910년, 『인생의 길』, 제29장에서−

죽음을 망각한 생활과 시시각각으로 죽음이 다가옴을 의식하며 사는 생활, 이것은 완전히 다른 상태이다. 전자는 동물의 상태에 가깝고, 후자는 신(神)의 상태에 가깝다

−1910년, 『인생의 길』, 제29장에서−

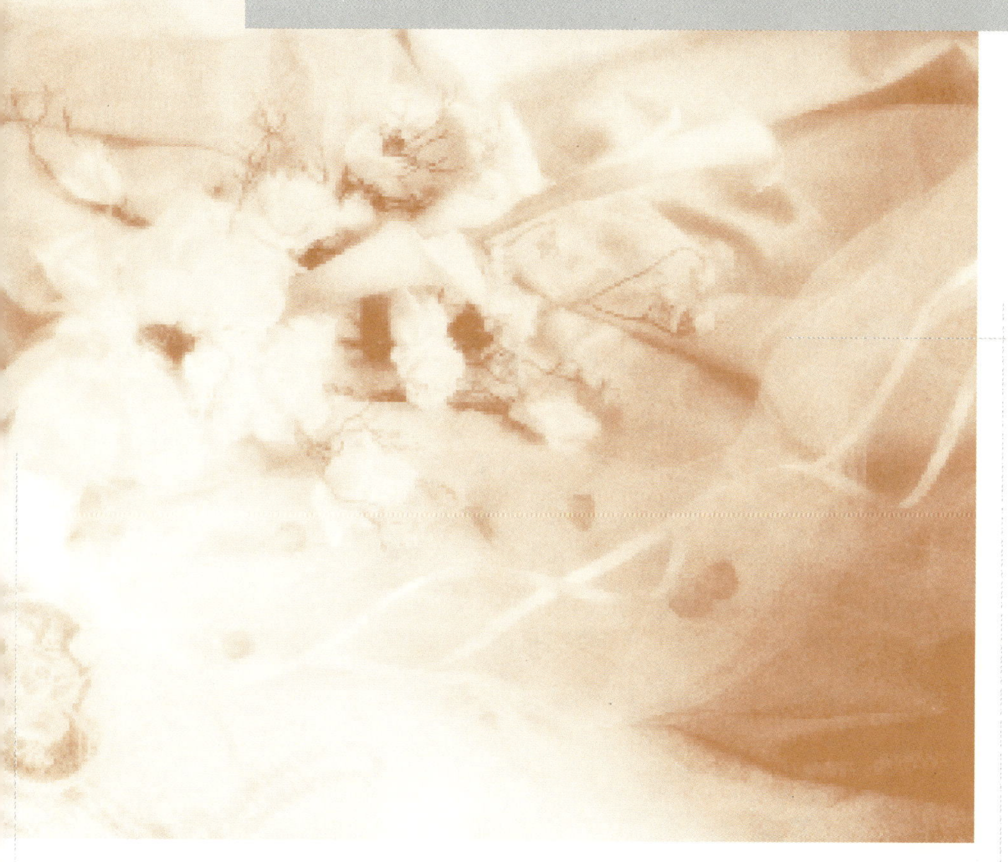

　여자는 남자가 세상일을 하는 데 있어 커다란 걸림돌이 된다. 여자와 사랑을 나누면서 뭔가를 해보겠다는 것은 매우 어렵다. 그러나 그런 걱정이 없이 여자를 사랑할 수 있는 방법이 하나 있다. 그것은 다름 아닌 결혼이다.

　여자들은 모두 남자들보다 훨씬 실질적이다. 우리 남자들은 사랑으로부터 위대한 것을 창조해 내지만 여자들은 언제나 너무도 현실적이다.

−1887년, 『안나 카레니나』, 제3부 제21장에서−

　일부러 아기를 낳지 않을 궁리나 하고, 자신의 육체적 매력이나 아양 따위로 남자를 휘어잡고자 몰두하고 있는 여자가 남자를 지배하는 여자는 아니다. 그런 여자는 남자에 의하여 타락된 여자, 타락한 남자의 수준으로까지 굴러 떨어진 여자, 남자와 똑같이 규범을 어기고, 남자와 똑같이 삶이 지닌 모든 이성적 의의를 내팽개친 여자이다.

　이른바 여성 문제는 진정한 노동의 규범을 지키지 않은 남자들 사이에서만 일어났고, 또한 일어날 수 있었던 것이다.

−1886년, 『그러면 우리는 무엇을 할 것인가』, 제40장에서−

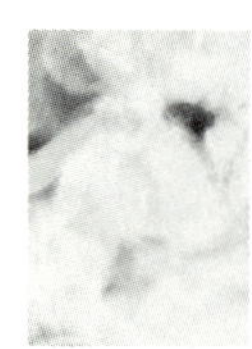

만일 성(性)관계를 갖는데 절제하는 법이 없으면서도 아기를 낳지 않을 궁리를 하고 있는 여자라면 그녀가 어떤 차림을 하고 있든지, 자신을 무엇이라고 자칭하든지, 또한 아무리 우아하다고 해도 그것에 상관없이 그녀는 매춘부에 지나지 않는다.

아무리 타락한 여자라고 일컬어지는 여자라 할지라도 그녀가 만일 의식적으로 아기를 낳은 일에 온몸을 바쳐 정성을 다하고 있다면, 그녀는 신(神)의 의지를 받들어 인생에서 가장 고귀하고 가장 아름다운 일을 실천하고 있는 것이다. 그러므로 이 세상에 어디에도 그녀보다 숭고한 사람은 없다.

—1886년, 『그러면 우리는 무엇을 할 것인가』, 제40장에서—

이상적인 여성에 대한 나의 견해는 이렇다. 여성 자신이 살고 있는 시대가 요구하는 최고의 세계관을 몸에 익히고, 여성에게 주어진 어쩔 수 없이 해야만 하는 천직, 곧 아기를 잔뜩 낳고 자신이 몸에 익힌 세계관에 따라 그 아이들을 키우며, 인류를 위해 일하는 능력을 갖춘 인간으로 자라게 하는 사업에 몸을 바치는 여성이 바로 이상적인 여성이다.

—『여성론에 대한 반박』에서—

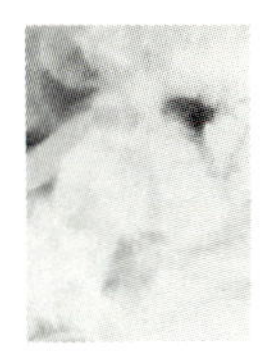

사랑이란 무엇일까?

어째서 사랑이 존재하는 것일까?

인생은 자신의 한계와 충돌함으로써 성립된다. 여러 가지 한계와 충돌한다는 것은 필연적인 현상이며, 그 충돌 속에서만 인생의 행위가 있는 법이다. 그러면 그럴 경우 사랑이란 무엇이냐?

나는 알 수가 없다. 인생에 대해서 이렇게 생각할 때 사랑이라는 것을 불필요한 것으로 부정해 버린다.

여기에서 나는 회의와 비애를 느끼게 된다.

내가 사랑에 대해서 생각하고 말하는 것은 모두 거짓된 사실이란 말인가.

사랑에 대해서 말한 사람은 단지 나 하나만이 아니며, 또한 사랑은 내가 만들어낸 것이 아니라는 점도 분명한 사실이다.

오랜 옛날부터 많은 사람들이 사랑에 대해서 정의해 왔다. 그리고 사랑이 무엇인지를 알고 있다지만 결국 그것은 자기 기만에 불과한 것이 아닐까?

자기에 대한 의식이란 것이 있다. 그러면 이 의식이란 무엇이란 말인가? 만약 이 의식이 한계를 느끼는 것이라면, 의식 자체의 본질은 무한한 것이며 그것은 또 모든 한계에서 빠져 나가려고 노력하리라.

그렇다면 나는 무엇으로 이 한계를 빠져나갈 수 있을까? 그것은 바로 사랑이다. 사랑함으로써만이 모든 한계를 뛰어넘을 수 있다.

사랑은 모든 한계를 없애며, 사랑하는 자를 한계의 저 편에 있는

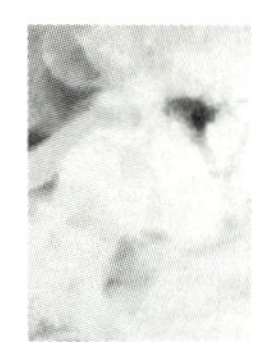

신(神)과 연결시켜 준다. 사랑함으로써 인간은 자신의 모든 한계를 파괴하고, 무한한 신과 같이 될 수 있는 것이다.

처음에 인간은 자기 자신에게서 가까운 것부터 파괴한다. 그리고 그 다음에는 좀더 멀리 있는 것과의 한계를 파괴해 가는 것이다.

그러나 모든 생물이 사랑에 배반치 않고 생활할 수가 있을까? 가령 이 세상의 한계가 어떤 것일지라도 완전한 사랑이 존재한다고는 생각할 수 없다. 그러므로 세상과 자기와의 한계를 모두 파괴할 수는 없는 것이라고 볼 수밖에 없다. 완전한 것은 불가능하다 해도 거기에 가까이 접근하는 것은 가능하다.

-『인생일기』 중에서 -

미래의 사랑이라는 것은 있을 수 없다. 사랑은 오직 현재의 활동일 뿐이다. 지금 사랑을 표현하지 않는 사람은 사랑을 갖고 있지 않은 것이다.

인생을 이해하지 못하는 사람들이 말하는 사랑이란 자기에게 개인적인 행복을 가져다 주는 한 가지 조건을 다른 여러 가지 조건보다 얼마간 중요하게 여기는 일뿐이다. 인생을 이해하지 못하는 사람이 "나는 내 자식과 아내와 친구들을 사랑한다"고 말할 때, 그것은 다만 그의 생활에 있어서 자식과 아내와 친구의 존재가 그의 개인적인 생활의 행복을 증대시키고 있음을 말하고 있는 것에 지나지 않는다.

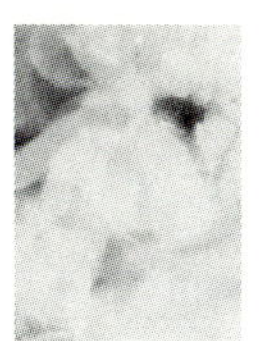

　어느 특정한 사람을 남보다 열렬히 좋아하는 정열이 사랑이라고 잘못 일컬어지고 있으나 이러한 사랑은 참된 사랑을 접목해야만 비로소 열매를 맺을 수 있는 야생 사과나무에 지나지 않는다. 야생 사과나무는 기르는 사과나무와는 달라서 열매를 맺지 않든가, 열매가 맺더라도 맛있는 열매가 아니라 쓴 열매를 맺는다. 이처럼 특정한 사람만을 사랑하는 감정은 사랑이 아니며, 또한 그것은 다른 사람들에게 선(善)이 되지 못하고 나아가 크나큰 악(惡)을 빚어 내게 된다. 그렇기 때문에 과학이나 예술이나 조국에 대한 사랑은 말할 것도 없고, 아내나 자식, 친구에 대해 흔히 베푸는 사랑까지도 동물적인 생활의 어떤 특정한 조건을 일시적으로 다른 조건보다 더욱 편애하는 것뿐이다.

–1887년, 『인생론』, 제23장에서–

　참된 사랑은 동물적인 개인의 행복을 버렸을 때만이 비로소 가능해진다. 사랑이란 우리들 자신, 즉 동물적 개인보다도 다른 여러 사람들의 존재를 우선으로 하는 일이다.

　'제 목숨을 살리려는 사람은 잃을 것이며 나를 위하여, 또 복음을 위하여 제 목숨을 잃은 사람은 살릴 것이니라' 라는 말을 그저 쉽게 이해하지 않고 목숨을 걸고 인식한 사람, 즉 제 목숨을 사랑하는 자는 제 목숨을 파멸시키고, 이 세상에서의 제 목숨을 미워하는 자는 영원한 생명을 얻는다는 것을 터득한 사람만이 참된 사랑

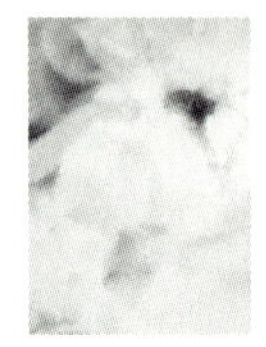

을 인식할 수 있다.

-1887년, 『인생론』, 제24장에서-

참된 사랑은 생명 그 자체이다.
오직, 사랑하는 자만이 참되게 살고 있는 것이다.
돈을 벌어 모으는데 힘쓰는 인간은 남을 사랑하지 못한다.

-1887년, 『인생론』, 제25장에서-

사랑은 이성(異姓)의 귀결에 의한 게 아니다. 또한 일정한 활동의 결과도 아니다. 그것은 환희에 찬 생명의 활동, 그 자체이다.

-1887년, 『인생론』, 제25장에서-

입으로만 외쳐대는 것이 아니라 진정으로 남을 사랑할 수 있으면, 우선 입으로만 외쳐대는 것이 아니고 진심으로 자기를 사랑하는 마음을 버리고 남을 먼저 사랑해야 한다. 흔히 있는 일이지만 우리는 자신이 남을 사랑하고 있다고 생각하고, 그것을 남이나 자신에게도 믿게 만들려고 한다. 그러나 우리가 남을 사랑하고 있다는 건 입으로만 하는 소리일 뿐 진실을 살펴보면 자기 자신만을 사랑하고 있음을 말해 준다. 우리는 다른 사람의 식사나 수면에 대해서는 곧잘 잊어버리곤 하지만 자기 일에 대해서는 절대로 그런 일이 없다. 그러므로 정말로 확실하게 남을 사랑하려면 실제로 자기를 사랑하지 않을 수 있어야 하며, 남의 식사나 수면에 대해 잊어버리는 것처럼 자신의 식사나 수면에 대해서도 잊어버릴 수 있어야 한다.

-1891년, 『최초의 단계』, 제7장에서-

아내의 자식에 대한 사랑, 그것은 인간만이 지닌 사랑은 아니다. 동물도 이와 같은 사랑을 가지고 있으며 인간보다 더 강하게 그런 사랑을 한다. 인간의 사랑, 그것은 하느님의 자녀로서 또한 같은 형제로서 인간을 대하고, 더불어 사는 모든 인간과 함께 하는 사랑을 말한다.

-1905년, 『침묵할 수 없다』, 제7장에서-

사람들은 곧잘 자기 자신을 사랑해서는 안 된다는 말을 한다. 그러나 자기 자신에 대한 사랑이 없으면 자신의 삶도 없는 것이다. 문제는 자신 안에 있는 무엇을 사랑하는가, 자기의 영혼을 사랑하는가, 아니면 자기의 육체를 사랑하는가 하는데 달렸다.

사랑을 하도록 스스로에게 강요할 수는 없다. 다만 사랑을 하는 데 방해되는 것을 제거할 수 있을 뿐이다. 사랑을 하는 데 방해되

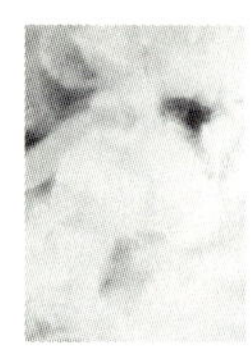

는 것이란 동물적인 '자기'에 대한 사랑이다.

-1906년, 『1일 1언』에서-

어떤 목적이 있어서 이루어진 선행(善行)은 이미 선행이라 할 수 없다. 목적이 전혀 없을 때, 비로소 진정으로 사랑하게 되는 것이다.

-1910년, 『인생의 길』, 제5장에서-

자신이 사람들에게 사랑받고 있다는 걸 알았을 때처럼 기쁜 일은 없다. 그러나 이상한 일이라고 생각할지는 모르겠지만 사람들에게 사랑을 받으려면 사람들의 마음에 들려고 일부러 애써서는 안 된다. 남의 일은 생각하지 말고 오로지 신(神)에게 가까이 가려고 노력해야 한다. 오로지 신에게 가까이 가려고 애쓰면서 남의 일에 신경쓰지 않는다면, 당신은 기꺼이 사람들에게 사랑을 받을 것이다.

"하느님을 사랑합니다"라고 말하면서도 이웃을 사랑하지 않는 자는 모든 사람들을 속이고 있는 것이다. 이웃을 사랑한다고 말하면서 하느님을 사랑하지 않는 자는 자기 자신을 속이고 있는 것이다.

올바르게 산다는 것은 신(神)처럼 되는 것을 뜻한다. 신처럼 되

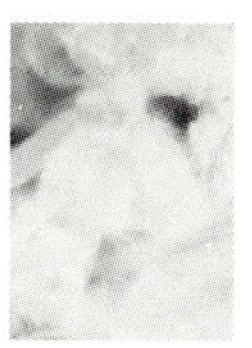

려면 아무것도 두려워하지 말고, 자기를 위해서는 아무것도 바라지 말아야 한다. 아무것도 두려워하지 않고, 자기를 위해서는 아무것도 바라지 않게 되려면 오로지 사랑해야 한다.

신(神)은 우리가 행복해지기를 바라고 있었기에 우리에게 행복에 대한 욕구를 심어 주었다. 그러나 신은 단 한 사람만이 아닌 모든 사람들이 행복해지기를 바라고 있었기에 우리에게 사랑의 욕구도 심어 놓았다. 그래서 사람들은 모두가 함께 서로 사랑할 때에야 비로소 행복해질 수 있는 것이다.

–1910년, 『인생의 길』, 제5장에서–

인생에서 주요한 사업이란 사랑이라는 걸 당신이 이해하고 있다면, 사람을 만날 때, 그 사람이 당신에게 어떤 점에서 도움이 될 것인가 하는 점보다는 당신이 어떤 면에서 어떻게 하면 그 사람에게 도움이 될 수 있나를 생각하게 될 것이다. 오로지 그렇게 되도록 노력하는 게 올바르다. 그리하면 당신은 당신인 자신만을 생각하고 있을 때보다 훨씬 많은 일에 걸쳐 큰 성공을 거둘 것이다.

육체적인 행복, 곧 모든 쾌락은 우리가 남에게서 그것을 빼앗음으로 해서 비로소 얻어진다. 그와는 반대로 영적인 행복, 곧 사람에 둘러싸인 행복은 우리가 다른 사람들의 행복을 우선하고 북돋아 줄 때 비로소 얻어진다.

사람은 완전한 것 밖에는 사랑하지 못한다. 따라서 사랑을 하기

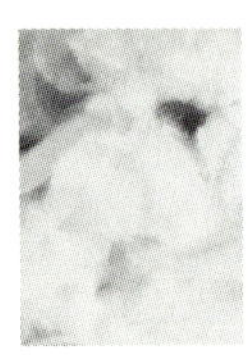

위해서는 불완전한 것을 완전한 것으로 믿어 버리든가 아니면 완전한 존재인 신을 사랑하든가 둘 중의 어느 것이 충족 되어야만 한다. 만일 불완전한 것을 완전한 것으로 믿는다면 그 잘못은 곧바로 드러나게 되어 사랑을 멈추게 될 것이다. 그러나 신에 대한, 곧 완전한 존재에 대한 사랑은 멈춤이 있을 수 없다.

−1910년, 『인생의 길』, 제5장에서−

　우리 사회에서는 육체적 욕망을 기초로 한 연애가 인간이 노력하는 가장 고상한 시적(詩的) 목적에까지 높여지고 있다.

　요즘 젊은이들은 인생의 가장 귀중한 시기를 연애 또는 결혼에 대한 최상의 대상을 물색한다든지 하는 일에 낭비한다. 그리고 여자들은 남자를 유혹해서 연애 대상으로 혹은 결혼 상대자로 끌어들이는 일에 허비하고 있는 형편이다.

　그래서 우리의 귀중한 정력은 비생산적인 일뿐만 아니라, 오히려 해롭다고 인정되는 일에 낭비되고 있다.

　우리 사회에 있어서 문제의 대부분은 여기에서 발생한다. 따라서 남자는 방종을 일삼고, 여자들은 욕욕을 돋우는 일을 직업으로 택하고, 또한 유행에 따라 육체의 많은 부분을 노출하려는 것도 부끄러워 하지 않기에 이른 것이다.

　기혼자이건 미혼자이건 사랑하는 대상과 결합되기를 바라는 것은 가령 그것이 미화된다하더라도 인간이 노력할 만한 가치가 있는 목적은 아니다.

　우리가 인간으로서 가치있는 목적이라고 생각하는 일은 결혼이나 연애의 대상과 결합해 달성한다고 해서 이뤄지는 것은 하나도 없다는 것을 깨닫지 않으면 안 된다.

-1890년, 『크노이첼 소나타』에서-

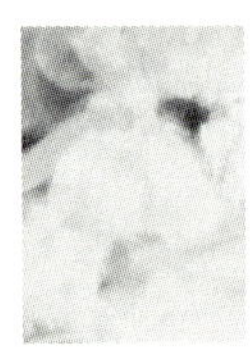

순결이 방탕보다 낫다고 하는 이론에는 아무도 반박할 사람은 없을 것이다. 그러나 사람들은 이렇게 말할 것이다.

"금욕이 결혼보다 훌륭한 것이라 해서 사람들이 모두 결혼을 하지 않는다면 인류는 멸망하지 않을 수 없다."

또한 이렇게 말할 것이다.

"만약 인간이 절대의 순결이라는 이상에 도달한다면, 그들은 멸망해 버리지 않으면 안 된다. 따라서 그 이상(理想)은 잘못이다."

그러나 이렇게 말하는 사람들은 규범과 이상을 혼동하고 있는 것이다.

순결은 규범이나 명령이 아니라, 이상이다. 이 이상이라는 것은 단지 관념적 사고 속에 있어서만 실현이 가능한 것이다. 영원의 극치에 있어서만 그 도달이 예상되기 때문에 접근의 가능 또한 무한(無限)인 경우에만 비로소 이상이라고 할 수 있다.

만약 이상이 도달되었을 뿐만 아니라 그 실현을 상상할 수 있게 된다면, 그 이상은 이미 이상이 아니다. 지상에 천국을 건설하려고 한 그리스도의 이상도 결국 그러한 것이었다.

전 인류의 의의는 오직 이 이상을 향해 매진하는 곳에서만 있는 것이다.

-1890년, 『크노이첼 소나타』에서-

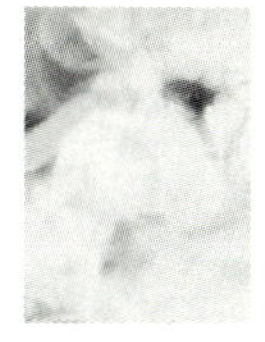

　일부러 아기를 낳지 않으려고 궁리하는 것은 옳지 않다. 그 이유는 첫째, 성애(姓愛)의 죄를 보석하게 해 주는 육아의 노고에서 벗어나게 된다는 것과 둘째, 그것은 전적으로 인간의 양심에 반하는 행위라 할 수 있는 살인에 가까운 행위가 되기 때문이다. 또 임신 중이거나 젖먹이 아기를 기르는 동안은 성관계를 갖는 것이 좋지 않다. 그것은 영성이 지닌 육체의 힘과 특히 정신의 힘을 무너뜨리기 때문이다.

–1890년, 「크노이첼 소나타」 후기에서–

　불쌍한 자여, 그대는 무서운 성욕 때문에 얼마나 괴로워 했는가?

　나는 그것이 모든 것을 얼마나 어둡게 하는지를 그리고 마음과 이성(理性)에 의지하며 살아가는 모든 것을 얼마나 파멸시키는지를 잘 알고 있다. 그러나 거기에는 구원이 있다. 참된 생활을 하면 되는 것이다. 성욕이 그대를 끌어 내기 전에 그대가 있던 곳으로 돌아가야 한다는 점을 알면 되는 것이다.

–「인생론」 중에서–

　나방이 불을 향해 날아드는 건 날개가 타리라는 것을 모르기 때문이다. 물고기가 낚시바늘에 매달린 지렁이를 삼키는 건 그로 해서 제

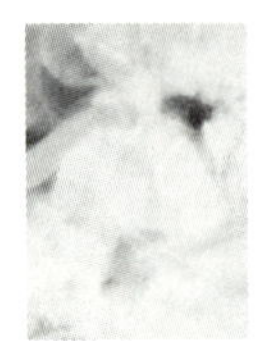

몸이 죽임을 당하리라는 것을 모르기 때문이다. 그런데 우리 인간들은 음탕한 육욕에 빠져들게 되면 반드시 자신의 몸이 파멸하리라는 것을 알면서도 육체적인 욕망에 사로잡히게 되는 것이다.

순결을 지키는 것이 인간의 본성을 어기는 일이라는 말은 잘못된 말이다. 순결을 지키는 것은 가능할뿐더러 행복한 결혼과는 비교될 수 없을 만큼 크나큰 행복을 가져다 준다.

−1910년, 『인생의 길』, 제8장에서−

하느님과 이웃에 대한 영적인 사랑과 남녀간의 육체적인 사랑을 모두 '사랑' 이라는 같은 말로 부르고 있으나 이것은 큰 잘못이다. 이 두 개의 감정 사이에는 공통된 점이 전혀 없다. 하느님과 이웃에 대한 영적인 사랑은 하느님의 소리이며, 남녀간의 성(性)적인 사랑은 동물의 소리이다.

타락하지 않은 사람에게는 성관계에 대하여 생각하거나 말하는 것이 언제건 지저분하고 부끄러운 일로 느껴진다. 이러한 감정을 소중히 간직하라. 인간의 마음에 이러한 감정이 심어진 까닭은 사람들이 동정을 지켜 내고 음란한 죄에 빠져들지 않도록 돕는 데 있다.

−1910년, 『인생의 길』, 제8장에서−

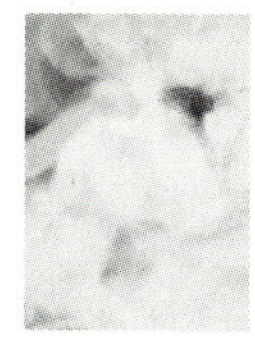

　　육체적인 욕망을 이겨 내는 유일한 방법은 자신이 영적 존재임을 자각하는 일이다. 성욕의 실체, 즉 성욕은 저급한 동물적 본능임을 이해하기 위해서 사람은 자기 자신이 누구인가를 생각해 내기만 하면 된다.

　　성욕과의 싸움은 더없이 힘든 싸움이다. 그것은 성욕에서 해방되어 있는 어린아이와 노약자를 제외하고는 환경과 연령을 뛰어넘어 어느 누구에게나 그러하다. 그러므로 성년이 된 사람과 아직 노인의 경지에 이르지 않은 사람은 남자이건 여자이건 누구나 한사코 공격의 기회만을 노리고 있는 이 적에 대하여 항상 준비하고 있어야 한다.

－1910년, 『인생의 길』, 제8장에서－

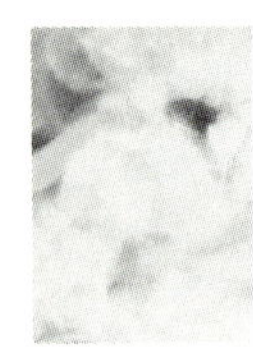

　자넨 결혼 같은 건 절대로 하지 말게. 거듭 충고해 두지만, 자네가 하고 싶은 모든 일을 다 해 보았다고 자신있게 말할 수 있을 때까진 절대로 결혼 같은 건 하지 말게. 스스로 고른 여가에 대한 뜨거운 열정이 사그러들 때까지, 다시 말해 그 여자에 대한 걸 전부 알았다고 믿게 될 때 까진 절대로 결혼을 하지 않는 게 좋다네. 안 그랬다가는 분명 돌이킬 수 없는 실패를 맛보게 될 걸세. 정 결혼을 하고 싶거든 아무짝에도 쓸모없는 늙은이가 되면 하든지 해야지, 까딱 잘못해 결혼을 한다면 자네가 지니고 있는 아름답고 고상한 자질들을 모조리 망가뜨리고 말테니까. 하찮은 이로 자네의 모든 것이 송두리째 못쓰게 되어서는 안 되겠기에 하는 말일세.

–1869년, 『전쟁과 평화』, 제1권 제1부 제16장에서–

　크리스천의 이상은 하느님과 이웃을 사랑하는 데 있으며, 하느님과 이웃을 위해 봉사하면서 자기 자신을 버리는 데 있다. 성애(性愛)나 결혼은 자신만을 위한 것이기에 둘 다 하느님과 이웃에게 봉사하는 데는 걸림돌이 된다. 그러므로 크리스천의 입장에서 보면 결혼은 곧 타락이며 죄이다.

–1890년, 『크로이첼 소나타』, 후기에서–

080

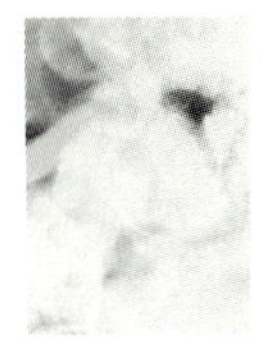

　　결혼 생활을 성실하게 꾸려 나가는 것은 좋은 일이다. 그러나 더 좋은 일은 절대로 결혼을 하지 않는 것이다. 결혼을 하지 않는 사람을 주위에서 찾기란 매우 힘이 든다. 그러나 결혼을 하지 않는 사람은 행복하다.

-1910년, 『인생의 길』, 제8장에서-

　　결혼을 하려면 그 전에 열 번이고 스무 번이고 몇백 번이고 산에 자꾸 생각하는 게 좋다. 성적인 교합에 의해 자신의 인생과 다른 사람의 인생이 하나가 된다는 것은 지극히 중대한 일이기 때문이다.

　　결혼을 하지 않아도 살아갈 수 있는데 불구하고 결혼을 하는 인간들의 행위는 흡사 발에 무엇이 걸리지도 않았는데 넘어져 버리는 인간들의 모습과 같다. 발에 무엇이 걸려서 넘어졌다면 하는 수가 없겠지만 아무것도 발에 걸리는 게 없는 데도 일부러 넘어질 필요가 있는지 알 수가 없다. 동정(童貞)인 채로 죄를 짓지 않고 살아갈 수 있는 상황이 된다면 결혼을 하지 않는 것보다 더 이상 좋은 일은 없다.

-1910년, 『인생의 길』, 제8장에서-

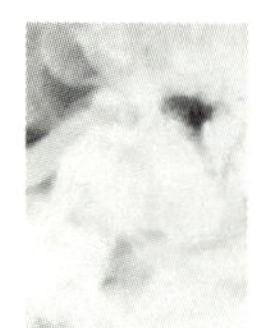

"너희들은 눈에는 눈, 이에는 이로 대하라고 일러져 내려오는 말을 들은 적이 있을 것이다. 그러나 내가 너희들에게 이르노니, 악인에게 대항하지 말라. 참고 견디어라"라고 그리스도는 타이르고 있다. 이 말의 뜻을 나는 이제사 이해한 것이다.

그리스도는 이렇게 말하고 있다. "너희들은 폭력을 사용하여 악한 자로부터 자기 자신을 지키고, 상대방이 자신의 눈을 도려내면 상대방의 눈도 도려내 갚으며, 형사재판소나 경찰이나 군대를 만들어서 적으로부터 자기를 지키는 일이 옳은 일이며, 합리적인 일이라고 믿고 배우는 데 익숙해져 있다.

그러나 내가 너희들에게 이르노니, 폭력을 쓰지 말라. 폭력에 가담하지 말라. 어느 누구에게 심지어는 너희들이 적이라고 부르는 자들에게 조차도 악을 행하지 말라."

-1884년, 『나의 신앙은 무엇에 있는가』, 제4장에서-

남에게 폭력을 휘두르고 있는 자들은 그 폭력이 국가를 위하여 필요하며, 국가는 국민의 자유와 행복을 위하여 필요하다고 주장한다. 바꿔 말하면, 폭력자들은 국민의 자유를 위하여 국민에게 폭력을 휘두르고, 국민의 행복을 위하여 국민에게 악을 행하고 있는 것이라는 이야기가 된다. 물이 새는 건 틀림없이 물통에 구멍이 난 것이다. 물통 밑바닥을 들여다보니 여기저기에서 물이 새는 것 같다. 그러나 여기저기 물이 샌다고 생각되는 구멍들을 아무리 바깥

쪽에서 막아본들 물은 여전히 샐 것이다. 물이 새는 걸 막으려면 새는 자리를 찾아 내어 물통 안쪽에서 구멍을 때워야 한다. 부의 올바르지 못한 분배를 없애는 일, 곧 민중으로부터 부가 도망가는 구멍을 막는 방법도 이와 같다.

노동조합을 만들라, 자본을 사회의 공유(共有)로 하라고 외쳐대는 사람이 있다고 하자! 그러나 이것은 물이 샌다고 생각되는 자리를 바깥쪽에서 막는 일에 지나지 않는다. 일하는 자의 손에서 일하지 않는 자의 손으로 부가 흘러가는 것을 막으려면 그 원인이 되고 있는 구멍을 안쪽에서 찾아 내야만 한다. 그 구멍이 무장하지 않은 사람들에 대한 무장한 자들의 폭력이다. 즉 군대의 폭력이다. 군대의 폭력으로 사람들은 일할 자리를 빼앗기고, 땅을 빼앗기고, 자신들이 애써 만들어 낸 노동의 산물을 탈취당하는 것이다.

자기 자신에게는 누구든지 가차없이 죽일 수 있는 권리가 인정되고 있다고 믿는 무장가가 단 한 사람이라도 있는 한 올바르지 못한 부의 분배, 곧 노예 제도는 계속될 것이다.

−1886년, 『그러면 우리는 무엇을 해야 하는가』, 제21장에서−

위정자들이 자연과의 투쟁을 그만두고 다른 사람의 노동을 이용함으로써 사람들에게 의심할 여지가 없는 명백한 해악을 저지르고 있는 대가로 무엇을 하는가? 또다시 의심할 여지가 없는 명백한 해악을 저지른다. 즉 또다른 여러 가지 형태의 폭력을 사람들에게 가

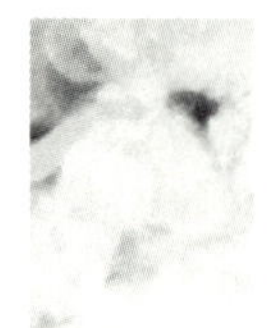

하는 것이다.

피압박자들에 대한 폭력은 황금알을 낳는 거위를 죽이지 않고 가까스로 살려 두는 정도의 아슬아슬한 한계점까지 끊임없이 증대한다. 만일 이 거위가 미국 인디언이나 피지인이나 아프리카 토인처럼 알을 낳지 않으면 당장에 살해되고 만다.

-1893년, 『신의 나라는 너희 안에 있다』, 제7장에서-

정의를 지키기 위해서라면서 다른 사람의 생명을 빼앗는 일은, 한쪽 손을 잃은 재앙에 부딪혔을 때 정의를 위해서라고 하면서 남아 있는 한쪽 손마저 잘라 버리는 인간의 행위와 비슷하다.

-1893년, 『신의 나라는 너희 안에 있다』, 결어에서-

사람들은 누구나 자신들의 생활 어딘가에 올바르지 못한 점이 있다는 것과 무엇인가 개선하지 않으면 안 된다는 것을 느끼고 있다. 그러나 인간이 개선할 수 있는 것은 자기 자신의 지배아래 있는 것, 곧 자기 자신뿐이다. 그러나 자기 자신을 새롭게 고치려면 무엇보다 먼저 자기가 올바르지 못한 인간임을 인정해야 한다. 그

러나 사람들은 이것을 인정하기 싫어한다. 그렇기 때문에 그는 항상 자기 지배 아래에 있는 자기 자신은 접어 두고 자기 지배 아래 없는 외적 조건에 대하여 모든 주위를 기울인다.

그러나 그러한 외적 조건을 아무리 바꿔 보아도 사람들의 처지를 개선하기란 거의 불가능하다. 그것은 술을 아무리 흔들어 대도, 또다른 그릇에 옮겨 봐도 술의 품질이 바뀌지 않는 것과 같다. 그로 말미암아 우선 이로움이 없고 다음으로는 해로울 뿐만 아니라 인간이 인간을 교성하려고 하는 오만함과 공공복지를 방해하는 자는 죽여도 된다고 흉악함이 어우러진 퇴폐적인 활동이 시작되는 것이다.

지배자들은 사람들에게 폭력으로 올바른 생활을 시키려고 생각한다. 그러나 막상 그들이야말로 앞장서서 사람들에게 폭력 자체에 의한 악한 생활의 본보기를 보여 주고 있는 자들이다. 그들은 진흙탕에 빠진 사람들에게 그곳에서 빠져나오는 방법이 아니라 흙투성이를 모면할 수 있는 방법을 가르치고 있는 것이다.

–1910년, 『인생의 길』, 제14장에서–

폭력으로 사람들 사이에 질서가 확립될 수 있다고 생각하는 망상은 그것이 대물림을 한다는 점에서 특히 해롭다. 폭력적인 구조 속에서 자란 사람은 다른 사람을 폭력으로 휘어잡는 것이 꼭 필요한 일이며 옳은 일인가 하는 문제를 스스로에게 묻는 일은 하지 않는

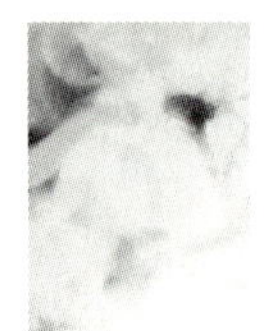

다. 그들은 인간이 폭력 없이는 살아갈 수 없다고 굳게 믿고 있다.

권력을 갖고 있는 자들은 항상 사람들을 이끄는 힘은 폭력뿐이라고 확신하고 있다. 그래서 현존하는 질서를 유지하기 위하여 대담하게 폭력을 행사한다. 그러나 현존하는 질서는 폭력에 의해서가 아니라 여론에 의하여 지탱되고 있다. 그런데 여론은 폭력에 의하여 파괴당한다. 그렇게 되면 결국 폭력 활동은 폭력이 지지하는 것들을 약화시키고 파괴하는 결과를 낳고 만다.

사람들은 폭력에 완전히 익숙해져 버려서 재판소나 경찰이나 군대가 있기 때문에 자신들이 평화로운 생활을 한다고 믿고 있다. 이 같은 생각은 잘못된 생각이다. 그들의 생각과는 전혀 반대로, 재판소와 경찰과 군대는 다른 어떤 것보다도 더 사람들의 화목한 생활을 방해하고 있다. 그런데도 사람들은 이들 조직에 헛된 기대를 걸고, 자기 자신들의 힘으로 서로의 사이에 평화로운 생활을 이루어 나가려고 노력을 하지 않는다.

-1910년, 『인생의 길』, 제14장에서-

폭력을 쓰는 건 사람들의 증오를 불러일으킨다. 대개 자신을 지키기 위해 폭력을 사용하는 자는 자신의 안전을 확보할 수 없을 뿐만 아니라 오히려 커다란 위험에 부딪히게 된다. 그러므로 자신의 안전을 확보하려고 폭력을 쓰는 것은 어리석고 수지가 안 맞는 짓이다.

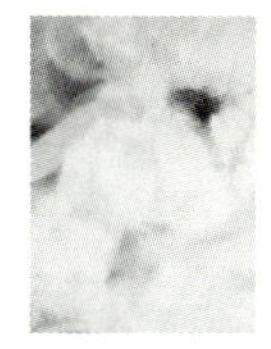

　어떤 폭력이든 폭력은 사람을 진정시키지 않고 사람을 자극시킬 뿐이다. 그렇기 때문에 폭력으로 사람들의 생활을 바로 잡을 수 없음은 분명하다.

　한 사람이 다른 사람의 생활을 폭력을 써서 조직할 수 있다고 생각하는 망상은, 그 망상을 지닌 사람이 선과 악을 구별하는 일을 그만두어 버린다는 점에서 특히 해롭다. 좋은 제도를 만들기 위해서라고 하더라도 사람을 징병하여 형제들을 죽이도록 명령할 수 있다면 그 밖에 다른 어떤 일도 해서는 안 되는 일은 전혀 없다고 생각하게 될 것이다. 그야말로 무슨 일이든 해도 좋다는 이야기가 된다.

　폭력은 정의와 비슷한 것만을 탄생시키지만, 그러나 폭력없이도 바르게 살 수 있는 가능성을 사람들로부터 멀어지게 만든다.

–1910년, 『인생의 길』, 제14장에서–

　우리가 폭력의 범죄성을 전혀 알아차리지 못하는 것은 우리 스스로가 폭력에 종속되어 있기 때문이다. 폭력은 본질적으로나 필연적으로나 살인 행위를 수반한다. 한 사람이 다른 사람에게 '이러이러한 일을 하라, 안 하면 주먹다짐을 해서라도 시키고 말 테다' 라고 말할 때, 그 말은 바로 '만일 네가 내가 원하는 일을 하지 않는다면 마지막엔 죽여버릴 테다' 라고 하는 것임을 뜻한다. 모든 폭력자는 살인자이다.

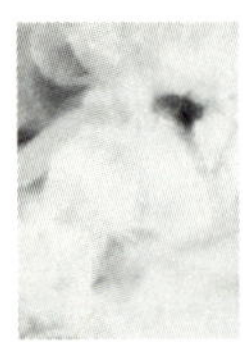

우리의 행복을 파괴하는 것들을 우리가 찾아 내기만 한다면 우리 인생은 멋진 인생이 될 것이다. 우리의 행복을 파괴하는 것 가운데서 첫째가는 것은 폭력으로 행복을 획득할 수 있다고 믿는 미신이다.

-1910년, 『인생의 길』, 제14장에서-

만일 사람이 진실 앞에서 겁을 내거나, 진리를 보면서도 진리로 인정하지 않고 진리를 거짓으로 여긴다면, 결코 사람이 자기가 해야 할 일을 깨닫게 되는 일은 없을 것이다.

-1886년, 『그러면 우리는 무엇을 할 것인가』, 제38장에서-

진실의 가장 확실한 특징은 간단명료하다는 것이다. 거짓은 항상 복잡하고, 공이 많이 늘고, 말이 많다.

-1910년, 『인생의 길』, 제27장에서-

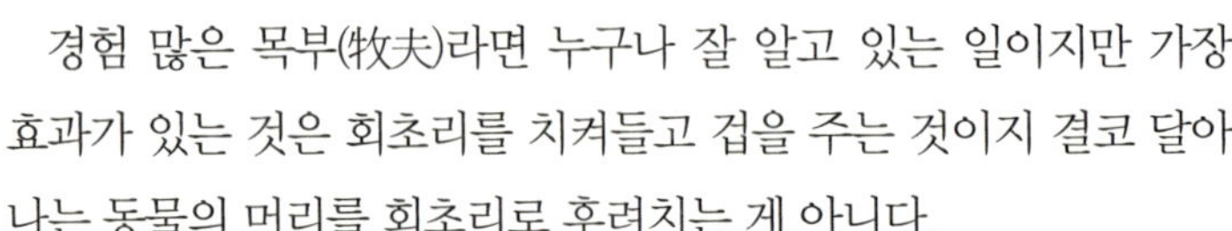

경험 많은 목부(牧夫)라면 누구나 잘 알고 있는 일이지만 가장 효과가 있는 것은 회초리를 치켜들고 겁을 주는 것이지 결코 달아나는 동물의 머리를 회초리로 후려치는 게 아니다.

–1869년, 『전쟁과 평화』, 제4권 제3부 제19장에서–

이른바 형사범들이 받고 있는 고통이 아무리 심하고 부당한 것이라 할지라도, 어쨌든 그들은 판결을 전후하여 일단 법률의 적용을 받는다. 그러나 정치범들에게는 그러한 법률은 커녕 그 비슷한 것조차도 적용되지 않는다. 네프류도프(『부활』의 주인공)가 알고 있는 슈스토바의 경우와 그 뒤로 새롭게 알게 된 많은 정치범의 경우도 예외는 아니다.

이 사람들을 다루는 방법은 마치 그물로 물고기를 잡는 것과 같았다. 그물 안에 걸린 것은 전부 바닷가로 끌어올린다. 거기에서 필요한 큰 고기만 골라 내고 자잘한 고기들은 그대로 버려져 바닷가에서 말라 죽어 버린다. 이와 마찬가지로 분명히 죄가 없는 사람들뿐만 아니라 감히 정부에 해를 끼칠 엄두조차 내지 못하는 사람들까지 몽땅 잡아들여서 때로는 몇년이고 감옥에 처넣어 버릴 때도 있다.

그동안에 그들은 폐병에 걸리기도 하고, 미쳐 버리기도 하며, 자살하기도 한다. 그들을 가두어 두는 것은 다만 석방할 이유가 없기 때문이고, 또한 그렇게 감옥에 처넣어 가까이 놔 두고 있으면 앞으

로 심의가 있을 때 뭔가 문제를 해결하는 데 도움이 될지도 모른다
는 생각 때문이다. 정부의 눈으로 보아도 무고한 이들의 운명은 헌
병이나 경찰관, 탐정이나 예심 판사나 지사, 장관들의 변덕과 심심
풀이와 기분에 따라 결정된다.

　이들 관리들은 일거리가 없든지 곡을 세우고 싶어지면 사람들
을 체포하여 자신이자 상사의 기분에 따라 감옥에 처넣기도 하고
석방하기도 한다. 고위층 관리 또한 마찬가지여서 눈에 띄게 공을
세워야겠다고 생각되거나 상관의 비위를 맞춰야겠다고 생각되면
금방 세계의 끝으로 유형을 보내기도 하고, 독방에 처넣기도 하며,
유형·징역·사형 판결을 내리는가 하면 어느 귀부인에게 부탁을
받아 곧바로 석방하기도 했다.

－1889년, 『부활』, 제3부 제5장에서－

　그리스도의 가르침에서는 '눈에는 눈, 이에는 이' 라는 규범을 폐
기시키고 있다. 그럼에도 불구하고 이 규범을 항상 고수해 왔을 뿐
아니라 지금도 형벌이나 전쟁에 대대적으로 이 규범을 적용하는
자들이 있다. 그들은 '눈에는 눈' 정도가 아니라 한술 더 떠서 아무
런 이유도 없이 전쟁을 일으켜서 몇천 몇만이라는 사람들을 죽이
도록 명령하고 있다.

　이런 자들은 이 규범이 자신에게 아주 작은 수준으로 적용된다
고 해도 분개할 권리를 가질 수는 없다. 왕이나 황제의 명령 또는

동의에 의하여 살해되는 인간의 수는 만 또는 백만 단위인데, 왕이
나 황제가 살해된다고 하더라도 그 수는 기껏 하나에 불과하지 않
는가, 왕이나 황제가 된 자들은 알렉산드르 2세의 암살과 같은 행
위에 대하여 분개할 수 없을 뿐만 아니라 자신들이 끊임없이 이 사
람 저 사람 가리지 않고 죽여서 민중들에게 살인의 본보기를 보여
주고 있는 데도 불구하고 그 같은 암살이 좀처럼 일어나지 않는다
는 사실에 차라리 놀라움을 가져야 할 것이다.

–1900년, 『죽이지 말라』에서–

살인은 종교적 가르침이나 인간의 양심에서 계시(啓示)되고 있
는 신의 율법에 비추어 보면 도저히 있어서는 안 되는 일이며, 명
백히 신의 율법에 위배되는 일이다. 어떠한 조건 아래서도 이 원칙
이 무너지는 일은 있을 수 없다. 그런데 국가 조직 아래서는 사형
이라는 형태를 취하는 살인이나 전쟁에서의 살인이 지극히 정당
한 것으로서 인정되고 있다.

–1910년, 『인생의 길』, 제14장에서–

동물에게 있어 악은 악을 불러일으킨다. 동물은 본디 자기 안에
서 솟구쳐 일어나는 악을 전혀 누를 수가 없기 때문에 악은 필연적
으로 악을 증대시킨다는 사실을 깨닫지 못하고 악에 대해선 악으

로 갚으려고 한다. 인간은 이성을 지녔기 때문에 악은 악을 증대시킬 뿐이며, 따라서 악에 대하여 악으로 갚는 것을 억제하지 않으면 안 된다는 사실을 깨달을 수 있다.

그러나 인간이 지닌 동물적인 본성이 이성적 본성을 이기는 까닭에 인간들은 악에 대하여 악으로 갚는 것을 억제하는 역할을 해야 하는 이성을 자기가 행하는 악을 정당화하는 데 사용한다. 인간들은 그 악을 징벌 또는 형벌이라고 일컫고 있다.

남을 참된 사람으로 만들기 위해서라면 악을 악으로 갚아도 괜찮다고 사람들은 말한다. 이는 잘못된 생각이다. 또한 그것은 자기를 속이기 위한 구실일 뿐이다. 사람들이 악을 악으로 갚는 것은 다른 사람들을 참된 사람으로 만들기 위해서가 아니라 다른 사람에게 복수하기 위해서이다. 악을 행하여 악을 바로잡는다는 것은 불가능한 일이다.

우리 사회에 다소나마 질서가 존재하고 있는 것은 판사나 검사, 예심 판사나 간수, 사형 집행인이나 군인 등 남을 심판하고 벌하는 자가 있기 때문이 아니다. 이렇게 정부편에 선 인간들이 모두 타락 행위를 저지르고 있음에도 불구하고 사람들은 그럴수록 더욱더 서로를 이해하고 서로를 사랑하기 때문이다.

　사람에게 그가 저지른 악행을 이유로 벌을 주는 것은 불을 달구는 것과 같다. 나쁜 짓을 한 사람은 평화로운 마음을 잃어버리고 견디기 힘든 양심의 가책에 시달리면서 이미 벌을 받고 있는 것이다. 양심의 가책을 느끼지 않는 인간이라면, 그에게 어떤 형벌이 가해진다 해도 그는 마음을 고쳐먹는 일은 없다. 그 반대로 증오를 불태울 뿐이다.

　곰을 잡으려면 밧줄을 꿀통 위에 양쪽으로 건너 매고는 무거운 통나무를 매달아 놓는다. 곰은 꿀을 먹으려고 그 통나무를 들이 받는다. 그러면 통나무는 그 반동으로 되돌아와서 곰에게 부딪힌다. 곰은 화가 나서 더욱더 세게 통나무를 들이 받는다. 그러면 통나무는 더욱 세게 곰에게 부딪히게 되고 곰은 통나무에 맞아 죽을 때까지 그것을 되풀이한다. 사람이 악을 악으로 갚는 것은 꼭 이와 같은 상황에 처한 곰과 다를 바가 없음을 보여 준다. 설마 사람이 곰보다 현명하지 못할 리가 없을 텐데도 그러하다.

　인간은 이성적인 존재이다. 그러므로 마땅히 복수를 통해서 악을 멸망시킬 수 없음을 깨달아야 한다. 악에서 빠져나오는 길은 악과 대립되는 사랑에 있을 뿐이다. 그것이 어떠한 이름으로 불려지고 있든지 악에서 벗어나는 길은 결코 복수에 있지 않음을 이해해야 한다. 그러나 사람들은 그 사실을 깨닫지 못한다. 그 사람들은 형벌에 헛된 기대를 거는 것이다.

-1910년, 『인생의 길』, 제15장에서-

098

수십 년 혹은 수백 년이 지나가고 나서 지금 우리가 화형(火刑)이나 고문이란 형벌에 놀라고 있듯이 우리의 자손들이 우리가 사용한 형벌인 재판이나 감옥이나 사형에 대해 놀라는 시대가 올 것이다. 우리의 자손들이 "옛날사람들은 정말이지 어쩜 이렇게 자기들이 한 짓이 용렬하고 잔인하며 해로운 건지를 깨닫지 못했을까!"라고 말할 것이다.

악은 선으로 갚고, 모든 사람들을 용서하라. 모두가 그렇게 하면 그때 비로소 이 세상에서 악이 없어질 것이나. 어쩌면 당신은 이를 실행할 힘이 모자랄지도 모른다. 그러나 우리는 이것만을 바라며, 이것만은 어떻게든 꼭 해내야 한다는 걸 인식해야만 한다. 우리를 괴롭히고 있는 악에서 우리가 구출되려면 오직 이 길 밖에 없다.

–1910년, 『인생의 길』, 제15장에서–

용서란 '용서해 주겠어' 라고 말하는 것만으로 되는 일이 아니다. 참된 용서는 자신에게 무례를 저지른 상대방에게 원망과 적대적인 감정을 자기 마음 속에서 몰아내는 일이다. 그렇게 하려면 자신이 지은 죄를 기억하고 있어야 한다. 자신의 죄를 잊지 않고 있다면 자신을 화나게 만든 상대방의 행위보다도 훨씬 더 나쁜 행위를 자신이 저지르고 있음을 인정하지 않을 수 없을 것이다.

형벌이란 성장한 인류에게는 이미 걸맞지 않게 되어 버린 개념이다.

　악에 대하여 악으로 갚지 않으면 악인이 선인을 지배하게 되므로 악은 악으로 갚아야 한다고 사람들은 말한다. 그러나 나는 전혀 그 반대라고 생각한다. 현대를 살아가는 어떤 기독교 민족에게서 볼 수 있는 일이지만 사람들이 악에 대하여 악으로 갚는 것은 허락되었다고 생각할 때야말로 악인이 선인을 지배하는 것이다. 지금 악인이 선인을 지배하고 있는 것은 남에게 악을 행하는 것이 허락되고 있을 뿐만 아니라 유익한 일이라고 모든 사람들이 세뇌당하고 있기 때문이다.

－1910년, 『인생의 길』, 제27장에서－

만일 선(善)이 원인을 갖고 있다면 그것은 이미 선이 아니다. 마찬가지로 선이 어떤 결과, 곧 보수를 갖게 되면 그 또한 선이 아니다. 따라서 선이란 원인과 결과의 울타리 밖에 있는 것이다.

−1877년, 『안나 카레니나』, 제8부 제12장에서−

사람들을 위하여 일한다는 것은 어떤 것인가라는 질문을 받는 나면, 나는 "남에세 선(善)을 행하는 일이나. 남에세 돈을 주는 세 아니라 선을 행하는 일이다."라고 대답할 것이다. 그런데 '선을 행한다' 는 말이 보통 돈을 주는 것으로 이해되고 있다. 그러나 내가 이해하기는 선을 행한다는 것과 돈을 준다는 것은 같은 하나의 사항이 아닐 뿐만 아니라 거의 정반대나 다름없는 전혀 다른 두 개의 사항이다. 돈은 그 자체가 악(惡)이다.

그러므로 돈을 주는 사람은 악을 행하는 것이다. 대개 사람들이 돈을 주는 것이 곧 선을 행하는 것이라고 오해하는 것은 사람들이 선을 행하면 돈을 포함한 악의 구렁에서 빠져 나가는 것으로 생각하기 때문일 것이다. 그러나 돈을 준다는 것은 사람이 악에서 탈출하기 시작했다는 작은 징후에 불과하다. 선을 행하는 일은 남을 위하여 좋은 일을 하는 것이다. 다만 무엇이 그 사람에게 좋은 일인가를 알려면 그와 인간적으로 친밀한 관계를 맺어야만 한다.

그러므로 선을 행하는 데는 돈이 필요없다. 무엇보다 필요한 것은 먼저 우리 생활 속에서 나타나는 무의미한 관습들을 한때나마

버릴 수 있는 용기이다. 또한 필요한 것은 구두나 옷이 더러워지는 걸 겁내지 않는 일이며, 빈대와 이를 겁내지 않는 일이며, 티푸스와 디프테리아와 천연두를 겁내지 않은 일이다.

그리고 누더기를 걸친 사람에게 다가가서 함께 침대에 걸터앉아 마음을 툭 터놓고 이야기를 나누며, '이 사람은 나를 무시하지 않고 사랑해 주고 있다. 이 사람은 조금도 잘난 척을 안 할뿐더러 도도하게 굴지도 않는다' 라고 상대방이 느낄 수 있도록 하는 일이 필요하다. 그렇게 되려면 자신을 버리는 데서부터 인생의 의의를 찾아야만 한다.

−1882년, 『모스크바의 국빈조사에 대하여』에서−

착한 사람이 되는 일, 그리고 착하게 사는 것은 남에게서 가져온 것보다도 더 많이 남에게 주는 일을 말한다.

−1891년, 『최초의 단계』, 제7장에서−

자신을 억제하는 일이 없이는 선(善)한 생활은 없을 뿐만 아니라 또한 있을 수도 없다. 어떠한 선한 생활도 자기를 억제하는 일을 제쳐 놓고는 생각할 수 없다. 선한 생활에 다다르기 위해서는 전적으로 자기를 억제해야만 한다.

−1891년, 『최초의 단계』, 제8장에서−

시대가 흘러감에 따라 온갖 표현을 사용하며 늘어만 가는 주요한 악(惡) 가운데 하나는 바로 과거에 대한 믿음이다.

-1856년, 일기에서-

어떠한 악(惡)일지라도 그 악을 보다 심하게 행하는 자는 언제나 이웃의 행복을 위한다는 구실을 붙이고 있음을 알 수 있다. 남과 싸우고, 남을 모욕하면서도 자기는 이웃의 행복을 위해 그렇게 하고 있다고 말하는 사람과 마주치거든 대체 그의 의도가 어디에 있는지를 살펴보라. 자신의 욕망 때문에 그가 그렇게 하고 있음을 알 수 있을 것이다.

-1880년, 『교의 신학 비판』, 결어에서-

진리를 모르고 악(惡)을 행하는 자들을 보면서 다른 사람들은 그 악에 바쳐져 산 제물이 된 사람들에 대한 동정심과 그런 행위에 대한 혐오감을 갖는다. 그러나 진리를 모르고 악을 행한 자들은 자신들이 저지르는 악의 대상이 되는 사람들에게만 악을 행하고 있는 것이다.

반면에 진리를 알면서도 위선으로 뒤범벅이 된 악을 저지르는 자들은 자기 자신에게도, 또 그가 저지르는 악의 대상이 된 사람들에게도, 더 나아가 자기들의 악을 얼버무리려고 꾸며대는 그들의

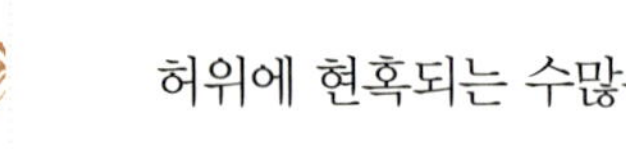

허위에 현혹되는 수많은 다른 사람들에게도 악을 행하고 있는 것이다.

본인들뿐만이 아니라 다른 사람들도 모두 악(惡)이라고 인정하는 짓을 하고 있는 도둑이나 강도나 살인자나 사기꾼들은 해서는 안 될 짓을 하고 있는 좋은 본보기이다. 이들의 모습은 사람들을 악으로부터 멀리 떨어지게 하는 역할을 하고 있다. 그런데 지주, 상인, 공장주, 현 정부의 모든 하수인들처럼 종교 또는 과학의 이름을 등에 업고 자유주의적인 궤변으로 자기들의 행위를 정당화하면서 실제로는 절도·린치·살인과 같은 짓을 하고 있는 자들이 있다.

이들은 다른 사람들에게 자기들의 행위를 따르도록 호소하여 사람들이 선과 악을 구별할 수 없게 타락시켜 버린다. 그로 인해 그들이 저지른 악으로 직접 고통받는 사람들에게만 악을 저지르고 있는 것이 아니라 수많은 다른 사람들에게도 악을 행하고 있는 것이다.

-1893년, 『신의 나라는 너희 안에 있다』, 결어 제4장에서-

우리들 스스로가 자신에게 있어 악(惡)이라고 생각하고 있는 것은 대개 우리가 아직 이해하지 못하고 있는 선(善)이다.

－1910년, 『인생의 길』, 제28장에서－

악을 악으로 갚는 것은 행복을 저버리는 일이다. 악을 사랑으로 갚는 것은 행복을 얻는 일이다.

－1908년, 『폭력의 율법과 사랑의 율법』에서－

　인간이 오래 살다 보면 몇 가지 단계를 거치게 된다. 먼저 갓난아기, 그 다음은 어린이, 그리고는 어른, 끝으로는 노인이라는 삶의 단계를 거친다. 그러나 인간이 어떤 단계를 거치든, 사람들은 항상 스스로를 '나'라고 부른다. 또한 이러한 '나'는 그들에게 있어서 항상 똑같은 존재이다. 유년기에 있어서도, 성년기에 있어서도, 노년기에 있어서도 똑같은 '내'가 존재하였다. 그리고 이 변할 수 없는 '나'야말로 우리가 영혼이라고 부르는 것이다.

　만일 어떤 사람이 자기 주위에서 보는 모든 것, 즉 눈에 보이는 그대로 무한한 세계의 전부라고 생각한다면 그는 큰 오류를 범하고 있는 것이다. 인간이 자신 외의 바깥 세계를 인식하는 것은 다름 아니라 그가 자기 밖의 세계를 인식할 수 있는 시각 · 청각 · 촉각을 지니고 있기 때문일 뿐이다. 만일 지금과 같은 감각을 가지고 있지 않고 다른 감각을 가지고 있었다면 이 세계도 다르게 인식되었을 것이다.

　그러므로 우리는 우리가 살고 있는 자기 밖의 이 세계가 어떤 것인지 잘 모르며, 또 알 수도 없다. 우리가 정확하고 완전하게 알고 있는 것이라고는 단 하나 밖에 없다. 그것은 우리의 영혼이다.

　어떤 사람 안에다 두 종류의 인간이 살아가고 있다. 하나는 눈먼 인간인 육(肉)적인 인간이고, 또 하나는 눈뜬 영(靈)적인 인간이다. 눈먼 쪽은 먹고, 마시고, 일하고, 쉬고, 자손을 늘려가는 따위의 일만을 시계처럼 되풀이해 간다. 눈뜬 인간인 영적인 인간 쪽은 스스로는 아무 일도 안 하면서 다만 눈먼 동물적 인간이 하는 일을 시인하거나 부인하거나 할 뿐이다.

이러한 인간의 눈뜬 영적인 부분은 양심이라 일컬어지며 그것은 나침반의 바늘과 같은 역할을 한다. 나침반 바늘은 나침반을 올려 놓은 물건이 바늘이 가리키는 길에서 벗어났을 때야 비로소 움직인다. 양심도 이와 마찬가지이다. 양심은 인간이 마땅히 해야 할 일을 하고 있는 동안은 잠자코 있다. 그러나 인간이 진실의 길에서 벗어나면 양심은 곧 그에게 그가 어느 쪽으로 어느 만큼 빗나갔는지를 일러 준다.

−1910년, 『인생의 길』, 제2장에서−

양심이란 모든 인간들 안에 살고 있는 영적인 존재에 대한 인식이다. 양심은 그러한 인식일 때만 인간이 살아가는데 충실한 인도자가 되는 것이다. 그런데 사람들은 이 영적인 존재에 대한 인식을 양심이라고는 생각하지 않고, 주위 사람들이 착한 일이라느니 나쁜 짓이라느니 하고 생각하는 것들을 양심으로 잘못 여기기가 쉽다.

'내'가 살고 있다고 생각해서는 안 된다. 살고 있는 것은 '내'가 아니다. 살고 있는 것은 '내' 안에 살고 있는 저 영적인 존재이다. '나'는 이 영적인 존재가 나타날 때 지나쳐 오는 구멍에 불과하다.

결코 앓는 일이 없는 강건한 육체란 없다. 절대로 잃어버리지 않을 부(富)란 없다. 멸망이 없는 권력이란 없다. 이것들은 모두 여리

고 덧없는 것들이다. 비록 사람이 강건하고, 부자이고, 권력자가 되는 것을 인생의 목적으로 삼아서 그것들을 뜻대로 몽땅 손에 넣었다 할지라도 그는 여전히 계속 이어지는 불안과 공포와 비애에서 벗어나지를 못한다.

왜냐 하면 그는 일생을 걸고서 얻었던 것들이 하나씩 하나씩 자기 손에서 떠나가는 것을 보아야 하고, 자기가 점점 나이를 먹고 죽음으로 다가서는 걸 알기 때문이다. 불안과 공포를 물리치려면 어떻게 해야 할까? 방법은 오직 하나뿐이다. 그 방법이란 사라져 가는 것이 아니라 멸망하지 않는 것, 멸망할 수 없는 것인 인간 안에 살고 있는 저 영혼에게 일생을 맡기는 일이다.

−1910년, 『인생의 길』, 제2장에서−

다른 사람들과 결합하는 것은 매우 바람직한 일이다. 그러나 모든 사람과 결합하려면 어떻게 해야 할까? 나는 나의 가족과 결합되어 있다. 그러나 다른 이들과 결합하려면 어떻게 해야 할까? 나는 나의 친구와 모든 러시아인, 모든 크리스천들과 결합되어 있다.

그러나 내가 모르는 사람들, 다른 민족, 이교도와 결합하려면 어떻게 해야 할까? 인간의 수는 지극히 많고, 그 한 사람 한 사람은 저마다 다르다. 어찌해야 하는가?

방법은 오직 하나이다. 남이라는 의식을 떨쳐 버려야 한다. 다른 사람들과 결합한다는 식으로는 생각하지 말아야 한다. 내 안에도

모든 사람들 안에도 살고 있는, 저 공통의 영적인 존재와 결합한다고 생각하는 것이 그 방법이다.

인간이 모든 사람들 안에서 자기 자신을 볼 수 있을 때, 비로소 자기의 삶을 파악하는 것이다.

-1910년, 『인생의 길』, 제2장에서-

이 세상에서 영혼보다 숭고한 것은 아무것도 없다. 그리고 그 영혼은 모든 인간들 안에 살고 있다. 그렇기 때문에 이 세상의 어떤 인간도, 황제이든, 죄수이든, 대주교이든, 거지이든 똑같이 평등하다. 황제나 대주교를 거지나 죄수보다 더 존경하는 것은, 흰 종이에 싼 금화 한 닢과 검은 종이에 싼 금화 한 닢을 앞에 놓고 희종이에 싼 금화를 더 소중히 여기는 것과 같다. 모든 사람들 안에는 자신 안에 살고 있는 영혼과 똑같은 영혼이 살고 있다. 따라서 누구에게나 똑같이 신중한 태도를 취하고 경의를 표해야 한다는 것은 늘 가슴에 새겨 두지 않으면 안 된다.

어린이는 어른보다 총명하다. 어린이는 사람들이 지위나 신분을 지니고 있는 걸 이해하지 못한다. 그러나 어린이는 자기 안에 살고 있는 영혼과 똑같은 영혼이 다른 모든 사람들 안에도 살고 있음을 마음 속으로 느낄 수 있다.

만일 어떤 사람이 모든 이웃들의 마음 속에서, 세계의 모든 이들과 자신을 연결하고 있는 똑같은 영혼을 보지 못한다면 그 사람은

반쯤 잠든 상태로 살고 있는 것이다. 모든 이웃들 안에 서 자기 자신과 신(神)을 보는 사람만이 깨어 있는 사람으로 정말 살아가고 있는 것이다.

인간이 동물보다 뛰어난 까닭은 인간이 동물을 괴롭힐 수 있기 때문이 아니라 동물을 불쌍히 여길 수 있기 때문이다. 인간이 동물을 불쌍히 여기는 것은 자기 안에 살고 있는 영혼과 똑같은 영혼이 동물의 안에도 살고 있음을 느끼는 까닭이다.

−1910년, 『인생의 길』, 제2장에서−

'살인하지 말라' 는 계명은 비단 인간에게만 적용되는 것이 아니라 생명이 있는 모든 것에게 해당되는 말이다. 이 계명은 돌조각인 모세 십계의 석판에 새겨지기 전에 먼저 인간의 마음에 새겨져 있었다.

비록 어떤 인간이 아무리 부도덕하고 불공평하며 어리석고 불쾌함을 주는 상대라고 할지라도, 만일 당신이 그를 존경하는 일을 그만두게 된다면 그 일로 말미암아 당신은 자신과 그와의 결합뿐 아니라 영적인 세계 전체와의 결합을 끊게 되리라는 것을 가슴에 새겨 두는 게 좋다.

모든 사람들과 즐겁게 살아가고자 한다면 자신과 남을 격리시키는 것이 아니라 자신과 남을 결합시키는 것에 대하여 생각하라.

−1910년, 『인생의 길』, 제2장에서−

다른 사람에게서 불을 빌려달라는 말을 들었을 때, 성냥을 갖고 있다면 성냥불을 붙여 주어야 한다. 다른 사람에게서 3코페이카 혹은 20코페이카 혹은 몇 루불이라도 적선해달라는 말을 들었을 때, 만일 그만한 돈을 갖고 있다면 그 돈을 주어야 한다. 그러나 그것은 예의이지 결코 자선은 아니다.

-1886년, 『그러면 우리는 무엇을 해야 하는가』, 제15장에서-

돈 많은 자선가들은 흔히 가난한 사람들에게 자신들이 베풀려고 하는 것들이 아직도 가난함 속에서 허덕이는 더욱더 가난한 사람들의 손에서 자신들이 뜯어 낸 것임을 깨닫지 못한다.

-1910년, 『인생의 길』, 제10장에서-

진정한 자선이란, 자신의 몸에서 도려낸 것과 같은 의미를 지닌 걸 다른 사람에게 주는 경우를 말한다. 이런 경우에 상대방은 물질적인 선물을 받는 동시에 정신적인 선물도 받은 것이다. 만일 그것이 자기 희생적인 것이 아니고 단지 남는 것을 줄뿐이라 한다면 그것을 받는 사람을 화나게 만들 따름이다.

-1910년, 『인생의 길』, 제10장에서-

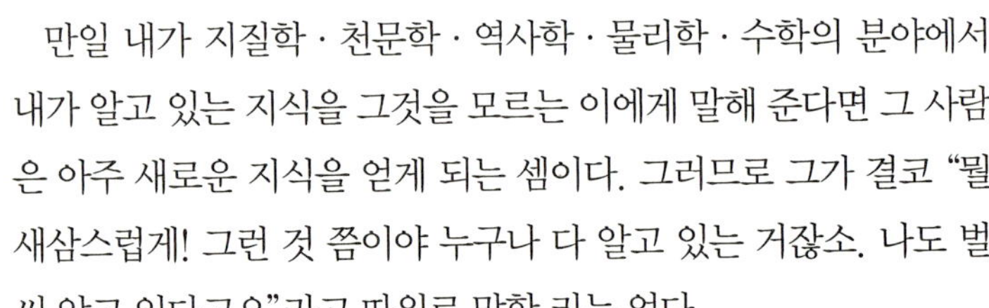

만일 내가 지질학·천문학·역사학·물리학·수학의 분야에서 내가 알고 있는 지식을 그것을 모르는 이에게 말해 준다면 그 사람은 아주 새로운 지식을 얻게 되는 셈이다. 그러므로 그가 결코 "뭘 새삼스럽게! 그런 것 쯤이야 누구나 다 알고 있는 거잖소. 나도 벌써 알고 있다고요"라고 따위로 말할 리는 없다.

그러나 최고로 여기는 도덕적 진리를, 일찍이 그렇게 표현된 적이 없었을 만큼 쉽고 간결한 표현으로 사람들에게 말해 보라. 대개의 사람들이, 그중에서도 도덕적인 문제에 관심이 없는 자, 그리고 당신이 말하는 그 도덕적인 진리에 불쾌감을 갖는 자라면 더욱더 "그런 걸 모르는 사람이 있다는 말인가? 그건 벌써 다 알고 있고 또 늘상 이야기되는 게 아닌가"라고 말할 게 틀림없다.

그들에게는 실제로 그것이 이미 오랜 옛날부터 되풀이되어 오는 이야기처럼 생각되는 것이다. 도덕적 진리를 중시하고 존중하고 있는 사람만이 도덕적 진리를 해명하고 단순하게 만드는 일, 즉 희미하고 막연하게 밖에 알아차릴 수 없는 예상이나 희망이나 두서없이 막연하게만 표현에서부터 필연적으로 어떤 걸맞는 행위가 요구되는 뚜렷하고 명확한 표현으로 옮겨가는 일이 얼마나 귀중하고 얼마나 오랜 노고에 의해 달성되는가를 알고 있다.

우리들은 모두 도덕적인 가르침 따위를 지극히 시대에 뒤떨어지고 따분한 것이라 여기며 거기에는 신선함과 흥미로움도 있을 수 없다고 생각하는데 익숙해져 있다. 그런데 도덕과는 아무런 상관이 없는 듯이 보이는 일체의 중요한 각종 활동인 정치·예술·

사업상의 활동을 포함하여 모든 인간의 생활은 도덕적 진리를 더욱더 명백하게 만든다. 더욱더 명백하게 할뿐만 아니라 더욱 단순하게 만들고, 더욱더 알기 쉽게 하는 것 이외에는 어떠한 목적도 가지고 있지 않다.

−1886년, 『그러면 우리는 무엇을 할 것인가』, 제12장에서−

　얼핏 보기에 인류는 상업이나 조약의 체결, 징쟁이나 과학이나 예술을 좋아하는 듯 보인다. 그러나 실제로 인류에게 중요한 사업이란 오직 하나뿐이며, 인류가 이루려고 하는 사업은 오직 하나이다. 즉, 인류는 살아가는데 의지할 만한 바탕이 되는 도덕적 규범을 해명하는 사업에만 종사하고 있다. 도덕적 규범은 이미 존재하고 있으며, 인류는 단지 그 도덕적 규범을 해명하기만 하면 되는 것이다.

　도덕적 규범을 필요로 하지 않은 사람이나, 그 도덕적 규범에 따라 살려고 하지 않는 사람에게는 도덕적 규범의 해명 따위는 하찮고 시시한 일로 여겨진다. 그러나 도덕적 규범을 해명하는 일은 중요할 뿐만 아니라 인류 전체가 해내야 할 유일한 사업이다. 이 도덕적 규범을 해명해야 하는 중요함은 잘 들지 않는 칼과 잘 드는 칼의 차이를 분간하기 어려운 것과 매우 비슷하다. 칼로 아무것도 자를 필요가 없는 사람에게는 잘 드는 칼이나 잘 들지 않는 칼이나 칼이 주는 의미는 거의 차이가 없다.

그러나 칼이 잘 드는가 안 드는가에 따라서 자기의 모든 생활이 결정된다는 것을 이해한 사람에게는 칼이 얼마나 잘 드는가 하는 정도는 매우 중요하다. 그리고 그 사람은 칼이 잘 들게 하는 일에는 끝이 없다는 것도, 칼이란 건 잘 들 때, 즉 잘라야 할 물건을 잘 자를 수 있을 때야 비로소 제 구실을 한다는 것을 알게 된다.

−1886년, 『그러면 우리는 무엇을 할 것인가』, 제12장에서−

종교와 도덕을 따로 떼어서 확립하려고 하는 시도는, 마음에 드는 화초를 옮겨 심는다면서 거추장스럽고 소용없어 보이는 뿌리를 잘라내고 뿌리 없는 화초를 흙에 꽂는 어린이들의 행위와 비슷하다. 종교적인 뿌리가 없이 생겨난 도덕은 참된 도덕이 아닌 거짓된 도덕이다. 이는 뿌리가 없는 식물은 살아 있는 진짜 식물이 아닌 것과 같다.

종교란 사람이 자기의 개인적인 인격과 무한한 우주 또는 우주의 근원과의 사이에 수립한 일정한 관계이다. 도덕이란 이러한 관계에서 생기는 끊임없는 생활지침이다.

−1894년, 『종교와 도덕』에서−

114

　　인간의 생활을 향상시키는 것은 개인에게 있어서나 인간 사회에 있어서나 내적인 도덕의 완성에 의해서만 가능하다. 이것이 인간이 살아가는 생활의 법칙이다.

−1902년, 『종교란 무엇인가, 그리고 그 본질은 무엇에 있는가』, 제15장에서−

죄를 짓는 것은 인간의 소행이지만, 자신이 지은 죄를 정당화하는 것은 악마의 소행이다.

−1906년, 『1일1언』에서−

회개한다는 것은 자기 자신의 죄를 인식하고 죄와 맞서 싸울 각오를 세우는 일이다. 그러므로 아직 힘이 떨어지지 않았을 동안에 회개를 하는 게 좋다.

불이 아직 꺼지기 전에 등불에 기름을 채워 넣어야만 한다.

믿음으로, 또는 다른 사람에게서 용서를 받음으로 해서 죄를 면할 수 있다고 생각한다면 그건 큰 잘못이다. 무엇으로도 죄를 면할 수는 없다. 오직 자기 자신의 죄를 인식하고 되풀이하여 죄를 짓지 않도록 노력할 수 있을 뿐이다.

결코 죄로 인해 주눅이 들어서는 안 된다. "내가 죄를 짓지 않고서는 살아갈 수 없다. 나는 죄 짓는 일에 익숙해져 버렸다. 나는 약한 인간이다" 따위의 말을 스스로에게 해서는 안 된다. 살아 있는 한, 결단코 죄와 싸워서 오늘이 아니면 내일, 내일이 아니면 모레, 모레가 아니면 반드시 죽기 전에는 죄를 이길 수 있기 때문이다. 만일 이 싸움을 미리부터 포기한다면, 그것은 인생의 가장 중요한 사업을 포기하는 결과를 낳는다.

사랑하도록 스스로에게 강요할 수는 없다. 또한 당신이 사랑하지 않는 것이 당신 안에 사랑이 없다는 것을 뜻하는 건 아니다. 사

랑을 가로막는 무엇인가가 당신 안에 있음을 뜻하는 것에 지나지 않는다. 마개가 단단히 닫혀 있는 병을 아무리 거꾸로 흔들어댄다고 해도 마개를 뽑지 않는 한, 병에서는 아무것도 흘러 나오지 않는다. 사랑도 이와 마찬가지이다. 당신의 영혼은 사랑으로 가득 차 있으나, 다만 당신의 죄가 축구를 막고 있기 때문에 사랑이 흘러 나오지 못하고 있는 것이다. 당신의 영혼에 쌓여 있는 먼지를 모두 없애도록 하라. 그렇게 하면 당신은 모든 인간을, 심지어 적이라고 부르면서 미워하고 있는 자까지도 사랑하게 될 것이다.

-1910년, 『인생의 길』, 제6장에서-

　나는 죄에서 해방되었다고 스스로에게 다짐하는 자야말로 불쌍한 인간이다.
　인간이 자기 자신의 죄에 대하여 알게 되는 것은 괴로운 일이다. 그러나 그 대신 그 죄로부터 자기가 해방되고 있다고 느끼는 것은 커다란 기쁨이 된다. 밤이 없다면 우리는 햇빛이 있다는 사실을 기뻐하진 않을 것이다. 죄가 없으면 인간은 정의가 가져다 주는 기쁨을 모를 것이다.

-1910년, 『인생의 길』, 제6장에서-

다른 사람에게 짓는 죄와 자기 자신에게 짓는 죄가 있다. 다른 사람에게 짓는 죄는 다른 사람 안에 있는 하느님의 영(靈)을 존경하지 않기 때문에 생겨난다. 자기 자신에게 짓는 죄는 자기 안에 있는 하느님의 영(靈)을 존경하지 않기 때문에 생겨난다.

−1910년, 『인생의 길』, 제7장에서−

　무슨 일에 있어서나 성공을 결정하는 데 첫 번째로 꼽는 유일한
조건은 인내이다. 그리고 모든 일에 있어서 최대의 장애가 되는 것
은, 특히 지금까지 나에게 크나큰 손해를 입혀 온 것은 바로 성급
함이다. 이것을 아로새기지 않으면 안 된다.

-1851년, 일기에서-

　사람은 반드시 해야만 하는 일을 하지 않아서라기보나는 오히
려 해서는 안 되는 일을 함으로써 자신의 생활을 타락시킨다. 그러
므로 올바른 생활을 하려 할 때 사람이 교훈으로 삼아야 할 것은
해서는 안 되는 일을 하지 않는 것이다.

-1910년, 『인생의 길』, 제22장에서-

　인간의 행위에는 두 종류가 있다. 하나는 자신의 의지에 따른 것
이고, 또 하나는 자기 의지와 관계없는 것이다.

-1856년, 『전쟁과 평화에 대하여』에서-

　좋은 일이란 항상 뜻하지 않게 찾아 온다. 좋은 일을 위해 노력
하면 할수록 오히려 나쁜 결과를 가져 오게 마련이다.

-1856년, 『두 경기병』, 제9장에서-

사람은 자기가 할 필요가 없는 것이 무엇인가를 확실히 이해했을 때 비로소 자기가 무엇을 해야 하는가를 알 수 있다. 해서는 안 되는 일을 하지 않고 있다면 그는 반드시 자신이 해야만 하는 일을 하게 될 것이다. 비록 자신이 무엇 때문에 그런 일을 하는지 모른다고 할지라도.

질문 : 성급해질 때는 무엇을 하는 게 좋은가?

답 : 아무것도 하지 않는 게 가장 좋다.

의기소침해졌다고 느낄 때는 마치 병자를 다루듯이 자신을 다루어야 한다. 가장 중요한 것은 아무것도 하려고 하지 않는 일이다.

고쳐서 어떤 일을 하는 것은 그 일을 끝내지 못한 것보다 더 나쁘다. 서두르는 것은 늦는 것보다 더 나쁘다. 양심은 하지 않은 일에 대해서보다 한 일에 대하여 항상 더 크게 책망한다.

곤란한 상황이라고 생각되면 생각될수록 행동을 일으킬 필요는 없어진다. 우리는 언제나 행동을 일으킴으로써 이미 좋아지기 시작한 일을 허물어뜨리고 있는 것이다.

–1910년, 『인생의 길』, 제22장에서–

사람들은 자신에게 맡겨진 일을 하느라고 짬이 나질 않는다고 말하면서 아무런 악의가 없는 오락조차도 거만하게 거절해 버린다. 그러나 굳이 말하지 않아도 꾸밈없이 있는 그대로 유쾌하게 즐기는 일은 사람들이 바쁘게 하는 일보다 더 중요하고 필요한 것이

다. 게다가 바쁘다는 사람들이 오락을 가까이 하지 않으려고 구실
로 삼고 있는 그 일이란 게 대개는 차라리 하지 않는 편이 낫다고
생각될 정도의 것들이다.

–1910년, 『인생의 길』, 제22장에서–

　　나쁜 행위를 하지 않기 위해서는 우선 그러한 행위를 하지 않도
록 나쁜 말을 삼가하며, 특히 나쁜 생각이 생겨나지 않도록 자기를
훈련시키지 않으면 안 된다. 나쁜 말은 입에 올리지도 말라는, 즉
남을 비웃거나, 남을 비난하거나, 남을 욕하는 일을 하지 말라는
교훈이 생각나면 곧 입을 다물고 귀를 막아라.

　　나쁜 생각이 떠오르면, 이를테면 이웃에 대해서 좋지 않은 생각
이든 상관없이 즉시 그 생각을 머리에서 내쫓아 버리고 다른 일을
생각하도록 하라. 나쁜 말을 입에 담지도 않고 나쁜 생각을 떠올리
지 않도록 자신을 훈련시키기만 하면 나쁜 행위는 하지 않게 될 것
이다.

–1910년, 『인생의 길』, 제22장에서–

　　좋은 일을 하려고 마음을 쓰기보다는 오히려 올바른 인간이 되
기 위해 노력해야 한다. 반짝이는 빛을 내려고 애쓰기보다는 오히
려 때묻지 않은 인간이 되도록 노력해야 한다. 인간의 영혼은 유리

그릇 안에 살고 있는 것과 같다. 인간의 그 그릇을 더럽힐 수도 있고, 그대로 깨끗하게 간직할 수도 있다. 유리그릇이 덜 더럽혀져 있을수록 진리의 빛은 그 유리를 통하여 찬란하게 빛난다. 곧, 그 사람 자신을 위하여, 또 남을 위하여 찬란히 빛나는 것이다.

그러므로 인간에게 있어서 가장 소중한 것은 내면적인 것이며, 자신의 그릇을 더럽히지 않는 일이다. 오로지 자신을 더럽히지 않도록 노력하라. 그러면 당신의 발밑도 밝아지고 다른 사람의 발밑도 밝힐 수가 있다.

현대 사회에서 인간이 누리고 있는 생활을 곰곰이 살펴보고, 예컨대 시카고나 파리나 런던 같은 도시, 또는 공기 · 철도 · 기계 · 군대 · 대포 · 요새 · 교회 · 인쇄소 · 박물관 · 30층의 빌딩 등을 면밀히 관찰하여, 인간이 올바른 생활을 할 수 있으려면 우선 무엇을 해야만 할 것인가 하는 문제를 스스로에게 부여해 보라.

아마 그에 대한 대답으로는 지금 인간이 해나가고 있는 헛된 짓들을 모두 그만두게 하는 일뿐이라는 대답 밖에는 나오지 않을 것이다. 현대 유럽사회에서 그러한 헛된 짓은 인간의 모든 활동의 99퍼센트를 차지하고 있다.

−1910년, 『인생의 길』, 제22장에서−

　신(神)이란 우리들에게 있어서, 또한 모든 신앙인들에게 있어서 무엇보다 우선되는 모든 근원의 근원이며, 모든 원인의 원인이며, 시간과 공간을 초월한 존재이자 이성(理性)의 극치이다.

—1880년, 『교의신학비판』, 제3장에서—

　신(神)에 대한 믿음을 잃어버렸을 때, 나는 살아 있지 않은 것과 다름이 없었다. 신을 발견할 수 있으리라는 막연한 기대가 없었다면 나는 벌써 자살하고 말았을 것이다. 신을 느끼고, 신을 찾아 헤맬 때만 나는 진정으로 살아 있는 것이었다.

—1882년, 『참회』, 제12장에서—

　'신(神)은 존재하는가' 라는 물음은 '나는 존재하는가' 라는 물음과 같다.

—1907년, 일기에서—

　신(神)은 사고력에 의해 이해할 수 있는 존재가 아니다. 우리는 신이 존재하는 걸 알고 있으나 그것은 사고력에 의한 것이 아니라 자기 자신 안에 신을 의식하기 때문이다. 인간이 참된 인간이 되기 위해서는 자기 안에 신을 의식하지 않으면 안 된다.

신은 모든 사람들의 행복을 바라고 있다. 만일 당신이 모든 사람들의 행복을 바라고 있다면, 즉 당신이 모든 사람을 사랑하고 있다면 당신 안에는 하느님이 살고 있는 것이다.

–1910년, 『인생의 길』, 제2장에서–

신(神)은 자기 안에서만이 인식할 수 있다. 자기 안에서 신을 발견하지 않는 한, 어디에서도 신은 찾을 수가 없을 것이다. 신을 자기 안에서 인식하지 못하는 사람에게 신은 존재하지 않는다.

–1910년, 『인생의 길』, 제14장에서–

우리가 만일 눈으로 보지 않고, 귀로 듣지 않고, 손으로 만지지 않는다면, 우리는 자기 주변의 사물을 무엇 하나도 제대로 인식하지 못할 것이다. 우리가 만일 자기 안에 신(神)을 인식하지 않는다면 우리는 자기 자신조차도 인식하지 못하고, 또 주변의 세계를 자기 안에 인식하지 못할 것이다.

만일 내가 그저 되는 대로 향락적인 생활을 하면서 기간을 흘려보내고 있는 것이라면 나는 신(神)이 없이도 지낼 수 있다. 그러나 나는 어디에서 온 것이며, 또한 죽으면 어디로 갈 것인가 하는 것을 생각하면서, 나를 세상에 내보내고 다시 맞아들여 주는 어떤 존재자가 있음을 인식하지 않을 수 없다.

나는 바로 이 뭔가 이해할 수 없는 존재자에 의해 이 세상에 내보내졌고, 그리고 다시 또 그 이해할 수 없는 존재자가 있는 곳으로 돌아가게 되는 것임을 인식하지 않을 수 없다. 나는 나를 내보내고 다시 맞아들여 주는 이 이해할 수 없는 존재자를 신(神)이라 부른다.

우리가 신(神)을 인식하는 것은 이성에 의해서라기보다는 오히려 신의 지배아래 자신이 놓여 있다고 느끼는, 그 감성에 의한 것이다. 말하자면 엄마의 품에 안긴 젖먹이 어린애가 느끼는 것과 같은 그러한 느낌에 의한 것이다. 갓난아기는 자신을 따뜻이 감싸 안고 길러 주는 사람이 누군지는 모른다. 그러나 그러한 사람이 있다는 건 알고 있다. 알고 있을 뿐 아니라 자신을 품안에 품고 있는 그 사람을 사랑하고 있다. 인간과 신의 관계도 이와 같다.

−1910년, 『인생의 길』, 제4장에서−

설사 자신이 공기를 호흡하며 살고 있다는 것을 평소에는 모르고 있던 사람이라 할지라도 호흡이 곤란해지는 경우에 부딪히게 되면 뭔가 살아가는 데 없어서는 안 될 것이 없어졌음을 안다. 인간이 신(神)을 잃어버린 경우 이와 같은 일이 벌어진다. 신을 잃은 사람은 어째서 자신이 괴로워하는지 그 이유를 모르는 채 괴로워하게 된다.

인간은 무엇인가를 사랑해야 한다. 그러나 진정으로 인간이 사랑할 수 있는 것은 악(惡)을 전혀 품고 있지 않는 것뿐이다. 따라서

악을 전혀 품고 있지 않는 것이 존재해야만 한다. 악을 전혀 품고
있지 않은 것은 단 하나, 바로 신이다.

마음 속에 악(惡)이 가득 차 있을 때는 신(神)을 느낄 수도 없고,
신의 존재조차 의심스러워진다. 그럴 때를 확실하게 이겨 낼 수 있
는 길은 언제나 하나뿐이다. 신에 대한 생각을 접어 두고 오로지
신의 율법에 대해서만 생각하며, 신의 율법을 지켜 모든 사람을 사
랑하는 일이다. 그렇게 하면 당장 의혹은 사라지고 다시 신을 발견
하게 될 것이다.

'신(神)에 대해 여태까지 내가 믿어온 것은 다 거짓이었다. 신 따
위는 없는 거야.' 문득 이러한 생각이 당신 머리에 떠올랐다고 해
서 그리 당황할 필요는 없다. '이런 일은 누구에게나 흔히 있는 일
이야.'라고 생각하라.

그러나 당신이 비록 지금까지 믿어오던 신을 섬기는 일을 그만
둔다고 하더라도, 신이 원래 존재하지 않기 때문에 그 같은 일이
벌어졌다고 생각해서는 안 된다. 만일 그때까지 당신이 쭉 믿어오
던 신을 믿지 않게 되었다면 그것은 다만 당신의 믿음 어딘가에 잘
못이 생겨났기 때문이다.

미개인이 나무에 새긴 신을 믿는 일을 그만둔다고 할지라도 그
것은 원래 신이 존재하지 않음을 뜻하는 것이 아니라 다만 목상(木

像)이 신은 아니라는 걸 뜻할 뿐이다. 우리기 신을 이해할 수는 없으나, 신을 더욱 깊이 인식할 수 는 있다. 그렇기 때문에 우리가 신에 대한 자질구레한 생각을 버리는 것은 오히려 우리를 위하여 좋은 일이다. 그런 일이 일어나는 까닭은 우리가 신이라 부르는 존재를 아주 잘, 더욱 깊이 인식하려고 하기 때문이다.

−1910년, 『인생의 길』, 제4장에서−

철학과 함께 특권을 부여받고 있는 과학이 제아무리 뽐내면서 과학이야말로 인간의 마음이 지향하고 있는 바를 정하고 이끄는 것이라고 주장한들 과학은 인도자(引導者)의 위치에 있지 않고 종의 위치에 있다. 종교로 말미암아 태어난 세계관을 항상 과학에다 부여했을 뿐이므로 과학은 다만 종교에 의해 지시된 노선 위에서 움직이고 있는 데 지나지 않는다.

종교는 인간에게 주어진 삶의 의의를 분명히 하고, 과학은 그 의의를 생활의 여러 가지 면에 적용시켜 나간다. 그러므로 만일 종교가 인간의 삶에 대하여 그릇된 의의를 내세운다면, 그 종교적 세계관에 따라 배양된 과학은 그 그릇된 의의를 인간생활의 여러 가지 면에서 적용해 나갈 것이다.

−1884년, 『나의 신앙은 무엇에 있는가』, 제7장에서−

종교를 인정하지 않는 자들이 믿는 종교는 유력한 여러 사람들이 행하고 있는 일에는 무엇이든지 복종하는 종교이다. 다시 말해서 지금 세상에 존재하는 권력에 복종하려는 종교를 말한다.

−1884년, 『나의 신앙은 무엇에 있는가』, 제11장에서−

종교란 영원한 삶이라 불리는 신과 인간 사이에다 이성과 현대의 지식에 따라서 세워진 관계이다. 이 관계만이 인류를 원래 예정된 목적을 향해 나아갈 수 있도록 한다.

아무것도 줄 것이 없는 종교는 사후(死後)의 세계에 대한 어음을 휘두른다.

-1910년, 『인생의 길』, 제18장에서-

모든 무신론적인 개념이나 말 가운데서 교회라는 개념보다 더 무신론적인 개념이나 말은 없다. 교회라는 개념보다 더 많은 악을 낳는 개념은 없으며, 이보다 더 그리스도의 가르침에 대해 적대적인 개념은 없다.

-1879년, 『교회와 국가』에서-

영원히 서로 극과 극일 수밖에 없는 선과 악 사이에서 시달리고 있는 인간의 삶이란 대체 무엇인가? 서로 상극인 선과 악의 문제를 어떻게 처리해야 하는가? 또 어떻게 살아야 하는가? 신앙의 문제는 늘 이런 것들에 관한 것이었으며, 앞으로도 마찬가지일 것이다.

그런데 교회의 가르침은 어떻게 살아야 하는가 하는 문제보다 너는 왜 악인인가 하는 문제를 먼저 제기하고는 거기에 대하여 다음과

같이 대답하고 있다. 네가 악인인 것은 아담이 지은 죄 때문이다. 너도 그 죄를 물려받아 죄 가운데서 태어나서 언제나 죄 안에서 생활하고, 악과 죄 없이는 살아갈 수 없게 되어 있기 때문이다.

−1880년, 『교회 신학 비판』, 제8장에서−

교회의 교의(敎義)가 맨 처음에는 작은 일탈로부터 시작된 것이라고 해도 바야흐로 이제는 기독교의 최악의 적이 되었다. 성직자들은 다른 것에는 봉사하면서도 예수의 가르침에는 봉사하지 않고 있다. 그들은 예수의 가르침을 부정하고 있기 때문이다.

교회의 교의(敎義)는 이제 그리스도교와는 완전히 적대적인 것이 되어 버렸다. 그것은 그리스도교의 정신에서 일탈하여 그리스도의 가르침을 왜곡하고 모든 생활에서 그리스도의 가르침을 부정하기에 이르렀음을 뜻한다. 겸허하기는커녕 지극히 뽐내기를 좋아하며, 가난하기는커녕 사치스러우며, 모욕을 당하면 용서하기는커녕 미워하고 심하게 다투며, 나쁜 일을 당하면 참고 견디기는커녕 형벌로써 갚는 형편이 되었다. 그리고 모두가 서로를 부정하고 있다.

−1880년, 『교회 신학 비판』, 제11장에서−

교회는 그리스도의 가르침을 입으로는 승인하면서 실생활에서

는 그리스도의 가르침을 정면으로 부정하고 있다.

-1884년, 『나의 신앙은 무엇에 있는가』, 제11장에서-

옛날에는 교회가 이 세상 사람들의 정신생활을 이끌던 시대도 있었다. 그러나 교회는 사람들에게 행복을 약속해 놓는 대신에 생활을 위한 인류의 투쟁에서는 몸을 빼고 물러나 버렸다. 교회가 그러한 행위를 한 것은 결국 교회는 자기의 사명을 저버린 꼴이 되어 사람들은 교회에 등을 돌리고 말았다. 교회가 멸망한 것은 교회 자신의 타락 때문이 아니라 콘스탄티누스 시대에 권력의 비호를 받았던 성직자들이 노동의 규범을 어겼기 때문이었다. 또한 나태와 사치를 부추기는 그들이 가진 권리가 주어지면서부터 자신들의 봉사를 기다리는 사람들의 일은 잊어버린 채 교회 일에만 마음을 쓰게 되었다. 그러면서 성직자들은 나태와 방종에 몸을 내맡겼던 것이다.

-1886년, 『그러면 우리는 무엇을 해야 하는가』, 제33장에서-

말씀을 전하는 사제들이 참고 견디며 고통 받고 있는 동안에는 교회도 존재하고 있었다. 그러나 그들의 몸에 기름이 끼기 시작하면서부터 그들의 전도 활동은 끝이 났다.

-1886년, 『그러면 우리는 무엇을 해야 하는가』, 제37장에서-

　　그리스도는 사제가 스스로를 전도사라 칭하면서 성찬식에 쓰이는 빵과 포도주를 가지고 행하는 무의미하면서도 신을 모독하는 마법 같은 짓들을 금했을 뿐 아니라 어떤 사람이 다른 사람을 전도사라고 부르는 일조차도 확실하게 금지시키고 있다. 또 그리스도는 교회에서의 기도를 금하고 각자가 외떨어진 곳에서 혼자 기도하라고 일렀다. 또한 그리스도는 교회 그 자체도 금지시키고, 자기는 교회를 헐어 버리기 위해 왔다면서 기도는 교회에서가 아니라 마음 속에 진실을 담고 드려야 한다고 타일렀다. 특히 그리스도는 지금 이곳에서 이루어지고 있는 일처럼 남을 재판하고, 감금하고, 학대하고, 모욕하고, 벌을 주는 것을 금했을 뿐만 아니라 다른 사람에 대한 일체의 폭력을 금하고, 자기는 죄인을 해방시키러 왔다고 하였다.

―1899년, 『부활』, 제1부, 제40장에서―

　　교회로서의 교회와 기독교 사이에는 명칭 이외에 아무런 공통점이 없을 뿐만 아니라, 이들은 완전히 대립되어 적대하고 있는 두 개의 원리이다. 전자는 오만·폭력·자기긍정·고착·죽음이며, 후자는 겸허·참회·순종·운동·삶이다.

　　참다운 기독교는 폭력에 바탕을 둔 권력을 부정하고, 계급적인 차별과 부의 축적·형벌·전쟁 등 정부와 지배 계급이 유리한 입장을 차지하도록 만들어 주는 모든 것을 부정하고 있다. 정부와 지

배 계급은 이 사실을 알고 있으며, 그들은 이에 따라 자신들의 입장을 옹호해 줄 종교를 지지할 필요가 있음을 느낀다. 교회에 의해 왜곡된 기독교는 정부와 지배 계급에 유리하도록 참다운 기독교를 왜곡하고, 사람들에게 참다운 기독교에 이르는 길을 숨긴 채 가려 두고 있다.

－1901년, 『신앙의 자유에 대하여』, 제5장에서－

참된 신앙은 교회를 필요로 하지 않는다.
교회 신앙은 일종의 노예제도이다.
어떤 제도가 이성적이지 못하고 해로운 면이 많을수록 자기 주위에 외면적인 위엄을 두르게 된다. 그렇게라도 하지 않으면 어느 누구도 그 제도 안으로 끌어당길 수가 없기 때문이다. 교회가 바로 그렇다. 교회 의식이 보여 주는 장엄함과 외면적인 화려함은 바로 교회의 비이성적이고 유해한 본질을 나타내는 중요한 징표이다.

－1910년, 『인생의 길』, 제18장에서－

무엇을 위하여 이 사람들은 남에게 자신의 신앙을 가르치고 싶어하는 것일까? 신앙을 갖고 있다면 신앙이 인생의 의의이며, 사람이 저마다 확립하는 신(神)에 대한 관계라는 걸 알게 된다. 따라서 신앙은 남에게 가르칠 수 없는 것이며, 가르칠 수 있는 신앙은

사이비 신앙뿐임을 알고 있을 텐데도……

신앙이란 인생에 대한 의의를 부여하고 힘과 생활의 지침을 가져다 준다. 살아 있는 인간이라면 누구나 다 인생의 의의를 찾고 있고, 그에 따라 생활하고 있다. 인생의 의의를 찾지 않는 사람이 있다면 그는 죽어 있는 것과 마찬가지이다.

－1879년, 『교회와 국가』에서－

어떠한 신앙이 어느 누구에게 어떠한 해답을 제시하든, 모든 신앙이 제공하는 어떠한 해답이라 할지라도, 그것은 유한한 인간에게 무한한 의의를 부여하고 있다. 즉 고통이나 궁핍, 죽음으로 말미암아 스러지지 않는 의의를 부여한다. 그러므로 신앙 안에서만 이 삶의 의의와 가능성을 발견할 수 있다.

그리고 가장 본질적 의미로 살펴보면, 신앙이란 '눈에는 보이지 않는 것을 제시하는 일'이 아니며, 믿음을 징표하는 하나의 기록에 불과한 묵시록도 아니며, 신과 인간 사이의 관계는 더욱 아니다.(먼저 신앙의 정의를 경정하고 나서 신을 정해야 마땅하다. 신을 통하여 신앙의 정의를 정해서는 안 된다.)

또한 가장 일반적으로 신앙이라고 알려져 있는 이와 같은 내용이라 할지라도, 다른 사람이 말하는 바를 그대로 받아들이는 것은 신앙이 아니다. 신앙이란 인생의 의의를 아는 것, 그리고 그 의의를 앎으로써 인간에게 주어진 자멸의 길 대신에 삶의 길을 지향하게 하는 것, 이것이야말로 참된 신앙임을 나는 깨달았다. 신앙은 살아가는 힘이다. 인간은 살아 있을 동안은 무엇인가를 믿고 있다.

만일 그가 사람은 뭔가를 위하여 살지 않으면 안 된다는 걸 믿지 않는다면 그는 살아 있는 것이 아니다. 만일 그가 유한함의 덧없음을 깨닫지 못하거나 그것을 이해하지 못한다면 그는 유한함을 믿고 있는 것이다. 만일 그가 유한한 것의 덧없음을 이해하고 있다면, 당연히 그는 무한한 것을 믿고 있을 것이다. 신앙 없이는 살 수 없다.

−1885년, 『참회』, 제9장에서−

믿는 것, 신앙은 필요합니다. 신앙 없이는 살 수가 없습니다. 그러나 남이 말하는 것을 그대로 믿는 게 아닙니다. 자기 자신의 사상의 발전으로, 즉 자신의 이성에 따라 귀착된 자신의 것을 믿어야 하는 것입니다. ……요컨대 신(神)을 믿는 것입니다.

−1910년, 『빛은 어둠 속에서 빛난다』, 제1막 제15장에서−

사람이 훌륭하게 살아가고자 한다면 자신이 해야 할 일과 해서는 안 될 일을 가릴 줄 알아야 한다. 이를 알기 위해서는 신앙이 필요하다. 신앙은 인간이란 무엇인가, 인간은 무엇을 위하여 이 세상에 살고 있는가 하는 걸 아는 일이다. 또한 이러한 신앙은 모든 이

성적인 인간이 지니고 있었던 것이며, 지금도 지니고 있는 것이다.

참된 종교의 의미는 인간의 모든 규범 위에 있는 규범들, 즉 세계의 모든 인간들에게 있어 하나밖에 없는 규범을 아는 데 있다.

자신의 신앙을 의심한다면 그것은 이미 신앙이 아니다. 신앙이란 '어쩌면 나는 거짓말을 믿고 있는 건 아닌가' 하는 따위의 생각이 절대 떠오르지 않는 경우에만 신앙이라 할 수 있다.

−1910년, 『인생의 길』, 제1장에서−

신앙에는 두 종류가 있다. 하나는 남이 말하는 것을 그대로 믿는 신앙이다. 이는 타인에 대한 신앙이라고 하는데 이런 신앙에는 여러 가지가 있다. 또다른 하나는 자신을 이 세상에 보내신 분에게 자기가 종속되어 있음을 믿는 것이다. 이 신앙은 신(神)에 대한 신앙으로, 이러한 신앙은 모든 인간에게 있어 단 하나밖에 없다.

믿는다는 것, 즉 신앙이란 그게 어째서 그런지, 그래서 어떻게 되는 것인가 하는 따위를 되묻지 않고 우리에게 계시되는 것만을 오로지 믿는 일이다. 이를 참된 신앙이라고 한다. 참된 신앙은 우리가 누구인가, 우리가 무엇을 해야 하는가에 대한 해답을 우리에게 가르쳐 준다. 그러나 그 가르침에 순종한 결과 어떻게 되는지에 대해서는 전혀 이야기하지 않는다.

만일 내가 신을 믿고 있다면 나는 내가 신에게 귀의한 결과, 내가 어떻게 될 것인가에 대해 물을 필요가 전혀 없다. 왜냐 하면 신

은 곧 사랑이며, 사랑으로부터는 선(善) 이외의 어떤 것도 나올 수 없기 때문이다.

-1910년, 『인생의 길』, 제1장에서-

어떤 사람이 참된 신앙을 자기 안에 가졌을 때, 어두운 방안에서 불을 켰을 때와 같은 일이 그 사람에게서 일어난다. 즉 모든 것이 분명해지고 마음 속이 밝아지는 것이다.

신앙의 정의는 사람에 따라, 또 시대에 따라 달라질 수 있다. 그러나 사랑은 어느 누구에게 있어서도, 어느 시대에 있어서도 언제나 한결같다.

그리스도는 영원한 것과 미래는 다르다는 것을 말하였다. 지금 우리의 이 인생 속에는 눈에 보이지 않는 영원한 것이 존재하고 있다는 것은 물론이고 만물의 생명과 움직임을 다스리는 하느님의 영(靈)과 우리가 하나가 될 때 우리는 영원하리라는 걸 밝혔다. 우리는 기도나 예배, 혹은 의식에 의해서가 아니라 오직 사랑으로 말미암아 이 영원함에 이를 수 있다.

한 사람이 인생의 참된 규범을 어떻게 파악하고 있느냐에 따라서 그의 생활은 좋아지기도 하고 나빠지기도 한다. 그 사람이 인생의 참된 규범을 확실히 파악하면 할수록 그의 생활은 올바르게 되고, 규범에 대한 파악이 애매모호할수록 그의 생활은 그르치게 된다.

-1910년, 『인생의 길』, 제1장에서-

　사람의 신앙이 굳건하면 할수록 그 사람의 생활은 흔들리지 않는다. 신앙이 없는 인간의 생활의 동물적인 생활이다.

　오래된 신앙이라고 해서 꼭 진실하다고 생각해서는 안 된다. 그러나 반대로 사람은 오래 살면 살수록 인생의 참된 규범을 더욱 확실히 깨닫게 된다. 우리 할아버지나 증조부들이 믿어 왔던 것들을 현대 사회에 사는 우리가 그대로 믿어야 한다고 생각하는 것은, 어른이 되어서도 어릴 적에 입었던 옷이 그대로 꼭 맞으리라고 생각하는 것과 같다.

　신(神)과 더불어 이웃을 사랑하라는 인생의 규범은 매우 간단명료하다. 어떤 사람이든지 철이 들면서부터 이 규범을 자신의 마음 속에 의식하게 마련이다. 만일 거짓된 가르침이 없었더라면 모든 사람들이 이 규범을 지켜서 이땅 위엔 천국이 세워졌을 것이다.

　그러나 늘 곳곳에서 거짓으로 가득 찬 전도사들이 신이 아닌 존재를 신으로 인정하도록 만들었고, 산의 율법이 아닌 것을 신의 육법으로 인정하도록 사람들을 설득해 왔다. 그 결과, 사람들이 거짓된 가르침을 믿게 되어 인생의 참된 규범으로부터 멀어지게 되었고, 산의 참된 율법으로부터도 일치되지 않으면 믿어서는 안 된다.

–1910년, 『인생의 길』, 제1장에서–

　참된 신앙은 기적이나 예배나 의식 자체를 믿는 데 있지 않고 세계의 모든 인간에게 도움이 되는 하나의 규범을 믿는 데 있다.

　참된 신앙에는 교회도, 장식도, 성가도, 많은 사람들의 모임도 필요치 않다. 오히려 참된 신앙은 언제나 조용하고 쓸쓸하며 외로움에 둘러싸인 곳에 있을 때 마음 깊이 스며 들어온다.

　어떤 민족이라도 그 중에 항상 참다운 신의 규범을 알고 있는 사람은 자긴 하나뿐이라고 말하는 자들이 있었다. 이 자들은 그러한 자신들의 말을 뒷받침하기 위하여 자신들이 가르치는 규범이야말로 신의 참된 규범임을 계신하는 기적이 나타났던 양 늘 선전해 왔다. 그뿐 아니라 이 자들은 그러한 규범들을 책으로 써서는 '이 책 속에 쓰여 있는 한 자, 한 구절이 모두 진실이다. 왜냐 하면 이 책은 신의 계시에 의해 신이 직접 쓴 것이기 때문이다' 라고 사람들에게 떠벌이고 다녔다.

　이는 다 거짓부렁에 지나지 않는다. 신의 규범은 어떤 특정한 인간에게만이 아니라 신의 규범을 알기 바라는 사람들 누구에게나 계시가 된다. 기적은 일찍이 없었으며, 지금도 없다. 여러 가지 기적에 관한 이야기들은 모두가 지어낸 거짓말일 뿐이다. 그 한 자, 한 구절이 진실이며 신의 계시로 쓰여졌다는 책에 관한 이야기 또한 거짓부렁이다. 어떤 책이나 인간의 손으로 쓰여졌으며, 어떤 책이라도 도움이 되는 것과 이롭지 않은 것, 진실된 것과 그렇지 못한 것이 있을 수 있다.

−1910년, 『인생의 길』, 제1장에서−

사람이 참된 신앙을 지니려면 무엇보다도 먼저 맹목적으로 믿어 온 자신의 신앙을 잠시 접어 두고, 어릴 때부터 주입 받아 온 가르침 하나하나를 이성에 따라 살펴보아야 한다.

사람이 신을 모르는 건 나쁜 일이다. 그러나 가장 나쁜 것은 신이 아닌 걸 신으로 인정하는 일이다.

사람들이 미래에 얻을 수 있는 어떤 외면적인 행복만을 추구하기 위해 신앙을 갖는다면 그 신앙은 신앙이 아니라 타산이다. 그것도 가장 부정확한 타산이다. 참된 신앙은 현재를 사는 이들에게 행복을 주는 것일 뿐이지 미래에 얻을 수 있다고 믿는 어떠한 외면적 행복도 줄 수 없다.

우리는 이성(理性)에 힘입어 신앙에 다다르는 것이 아니다. 그러나 이성은 다른 사람들이 말하는 신앙을 검토하기 위해 꼭 필요하다.

자기 주위에 있는 모든 사람이 믿고 있는 바를 믿지 않는 사람이 불신자(不信者)는 아니다. 자신이 믿고 있지 않는 것을 믿고 있다고 생각하고, 입 밖으로도 내뱉는 자야말로 진짜 불신자이다.

–1910년, 『인생의 길』, 제1장에서–

참된 신앙이란 무슨 요일에 금식(禁食)을 하고, 무슨 요일에 교회에 가며, 기도는 어떻게 바쳐야 하는지를 아는 데에 있지 않다. 참된 신앙은 항상 모든 사람을 사랑하고 착하게 살며, 늘 나에게

해 주기를 바라듯이 이웃에게도 그렇게 하는 데 있다. 여기는 참된 신앙이 있다. 진정한 현인들, 그리고 모든 민족의 성인들은 모두들 다 이러한 신앙을 가르쳐 왔다.

–1910년, 『인생의 길』, 제1장에서–

다섯 번째 간이역 – 신념과의 만남

　인간 삶의 토대는 그의 내부에 살고 있는 신(神)의 영혼이다. 모든 인간이 지닌 신의 영혼은 다 동일하다. 따라서 인간은 모두가 서로 평등하지 않을 수 없다.

　갓 태어난 아기나 죽은 사람을 보면서, 그 갓난아기나 죽은 사람이 어느 계급에 속해 있든지 간에 일종의 특별한 감정을 똑같이 느끼게 된다. 그것은 우리들 모두가 인간은 평등하다는 의식을 선천적으로 갖고 태어났음을 나타내는 것이다.

－1910년, 『인생의 길』, 제13장에서－

　모든 인간은 오스트리아인이기 이전에, 세르비아인이기 전에, 터키인이기 전에, 중국인이기 전에 먼저 인간이 되어야 한다. 세르비아나 터키, 중국이나 러시아와 같은 나라들을 지키거나 또는 전복시키거나 하는 일이 아니라, 이 세상에서 예정되어 있는 짧은 생존 기간 동안에 자신에게 주어진 인간으로서의 의무를 다하는 것만을 사명으로 하는 이성적이고 사랑에 찬 존재가 되어야 한다는 것이다. 또한 지극히 명확한 인간으로서의 의무는 오직 한, 모든 인간을 사랑하는 것이다.

　평등이란, 이 세상의 자연이 준 혜택을 이용하는 권리, 공공의 생활을 통해 생기는 복지를 누리는 권리, 개인의 인격이 존중되어야 할 권리를 세계의 모든 인간들이 고르게 똑같이 갖고 있음을 인정하는 것이다.

　사람들은 어떤 사람은 강하고, 어떤 사람은 약하며, 어떤 사람은 총명하고, 어떤 사람은 바보라고 하는 사실은 절대로 없어지지 않는 것들인 양 말하고 있다. 어떤 사람이 다른 사람보다 강하기도 하고 총명하기도 하기 때문에 리히텐베르크가 했던 말처럼 모든 인간이 지닌 권리의 평등이 특히 필요한 것이다. 만일, 지능이나 힘이 평등하지 않은데다가 권리까지도 평등하지 않다면 강자가 약자를 억압하는 정도가 점점 더 커질 것이다.

−1910년, 『인생의 길』, 제13장에서−

자유를 갖지 못한 인간은 생명을 잃은 인간과 다름없다.

-1869년, 『전쟁과 평화』 에필로그, 제2부 제8장에서-

악(惡)을 악으로 갚는 것은 다만 악을 늘어나게 할 뿐, 아무런 도움도 되지 않는다. 그리스도의 가르침은 이것이 더없이 어리석은 짓임을 일러 주고 있다. 악에 대하여 폭력으로 갚지 않는 걸, 폭력과 싸우지 않고 모는 폭력을 잠고 견디는 것, 이것이야말로 인간만이 가질 수 있는 참된 자유에 이르는 유일한 방법임을 그리스도의 가르침은 이르고 있다.

-1905년, 『세상의 종말』, 제5장에서-

사람들은 스스로 한 사람의 인간이나 아니면 극히 소수의 인간들에게 끌려다닐 수 있도록 부지런히 자기 자신을 결박하고 있다. 사람들은 자신을 묶고 있는 그 밧줄의 끝을 어느 누구든 상관하지 않고 아무에게나 넘겨 주고는 자신들의 자유가 빼앗겼다면서 놀라고 있는 것이다.

-1910년, 『인생의 길』, 제17장에서-

인간에게 가장 소중한 것은 무엇에도 얽매이지 않고 자유스러운 것이다. 다른 사람의 의지에 따르지 않고 자신의 의지로 살아가는 것이다. 이렇게 살기 위해서 사람은 영혼을 위하여 살지 않으면 안 된다. 영혼을 위하여 살려면 육체의 욕망을 누르지 않으면 안 된다.

−1910년, 『인생의 길』, 제20장에서−

자유롭고 싶거든 자신의 욕망을 억제할 수 있도록 스스로를 길들여라.

−1910년, 『인생의 길』, 제22장에서−

부자의 만족은 가난한 자의 눈물로 얻어진다.

노동 계급에 속한 사람들은 자주 다른 사람이 노동한 댓가로 생활하는 유한 계급으로 옮겨 가려고 한다. 그들은 그렇게 하는 것이 좋은 사람들의 무리에 끼는 것이라고 말하고 있다. 그러나 반대로 그것은 좋은 인간에서 나쁜 인간으로 전락하는 길이라고 말함이 옳은 것이다.

−1910년, 『인생의 길』, 제10장에서−

부(富)란 모두 다 죄 많고 더러운 것이다. 그 중에서도 토지를 개인적으로 소유하여 얻은 부보다 더럽고 죄 많은 부는 없다. 이른바 토지소유권이라는 것은 지구상에 사는 절반의 인간으로부터 그들이 당연히 지니고 있어야 할 합법적인 상속재산을 빼앗아 왔다.

자기 자신과 가족을 부양하는 데 필요한 땅보다 더 많은 땅을 가진 자는 노동자를 빈궁과 재액과 타락의 구렁으로 몰아넣는 범죄 행위를 하는 공범자일 뿐만 아니라 주범자이다.

인간은 누구나 가난을 한탄하면서 어떻게든 부(富)를 얻으려고 한다. 그러나 가난한 결핍은 인간에게 결코 꺾이지 않을 정신과 힘을 준다. 반대로 과잉과 사치는 인간을 허약과 파멸로 이끈다.

가난한 사람이 육체의 정신에 유익한 결핍에서 육체와 정신에 해로운 부유함으로 옮겨가려고 애쓰는 것은 헛된 짓이다.

가난뱅이가 비참하다면 부자는 그 두 배로 비참하다.

부자는 어느 한때도 편안한 기분이 될 수가 없다. 늘 자기의 부(富)를 지키는 일이 걱정이 되어서 재산이 늘어나면 늘어날수록 점점 마음고생도 심해지고 해야 될 일도 늘어난다.

그렇기 때문에 부자의 생활은 아주 시시한 것이다. 더구나 부자들은 적은 범주의 부류이다. 요컨대 자기와 같은 처지에 놓인 부자들 밖에는 친해질 수 없으므로 사는 데 재미를 느낄 수가 없다. 부자들은 다른 부류의 인간들인 가난뱅이와는 친해질 수 없다. 가난뱅이와 친해지면 자기가 지은 죄를 너무나도 똑똑히 알게 되어 자신이 부끄럽게 여겨질 것이기 때문이다.

살기 위해서 꼭 필요한 노동에서 해방되어 있는 부자들의 생활은 광기(狂氣)를 띠지 않을 수 없다. 인간은 일하지 않으면, 다시 말하여 모든 인간이 지켜야 할 삶의 규범 가운데 하나를 수행하지 않으면 광기를 띨 수밖에 없다.

광기를 띤 인간의 몸에는 포식한 가축 곧 말이나 개나 돼지의 몸에서 일어나는 것과 같은 일이 일어난다. 포식한 가축들이 그러는 것처럼 그들은 스스로 무엇 때문에 그러는 지도 모르는 채, 껑충거리고, 서로 뒤엉켜 뒹굴고, 이리저리 마구 뛰어다니는 것이다.

인간은 부(富)를 원한다. 그러나 인간이 부를 얻어 부 안에 살게 되면서 일게 되는 행복이 어느 만큼인지 알게 되면, 그 사람은 부를 얻는데 기울이고 있는 정열과 똑같은 정열을 가지고 부로부터 도망치려고 애쓸 것이다.

부(富)는 인간에게 행복을 가져다 주지 않는다는 걸 믿을 때가 올 것이다. 그리고 마침내는 사람들이 부를 얻고 부를 유지하게 되면 다른 사람의 생활뿐만 아니라 자신의 생활까지 좋아지지 못하고 나빠지게 된다는 간단한 진리를 이해할 때가 올 것이다.

부자를 존경할 필요는 없다. 부러워할 것도 없다. 그들의 생활을 멀리 하고, 그들을 가엾게 여겨야 한다. 부자는 자기의 부를 뽐내서는 안 된다. 자기가 가진 부를 부끄럽게 여겨야 한다.

부자가 자기 만족을 하는 것은 좋지 않다. 그러나 가난한 사람들이 부자를 상대로 하는 질투는 나쁜 것이다. 부자를 비난하면서도 자신보다 더 가난한 이들에게는 부자가 하고 있는 꼭 같은 짓을 하는 가난뱅이가 얼마나 많은 것일까.

인간은 강도질을 하든가, 적선을 받든가, 일을 하든가 하는 이 세 가지 방법에 의해서만 자기 자신을 부양할 수가 있다. 일을 하

여 생계를 꾸려나가는 사람들은 다른 사람들과 쉽게 구별된다. 마찬가지로 적선으로 생계를 꾸려나가는 사람들도 쉽게 분별할 수 있다. 다만 강도질로 생계를 이어가고 있는 자들만은 금방 알 수가 없다.

왜냐 하면 그들은 두 종류가 있기 때문이다. 우선 하나는 남의 물건을 주먹다짐으로 빼앗거나 훔치는 단순한 강도들이다. 이런 자들에 대해서는 누구나가 다 알고 있고, 그들 자신도 자기들을 강도 또는 도둑놈이라고 생각하고 있다. 또한 이들은 붙잡혀서 벌을 받기도 한다.

그러나 다른 한 종류의 강도는 자기를 강도라고 생각하지도 않고, 또 붙잡히는 일도 없으며, 정부가 허용하고 있는 방법으로 노동 대중을 착취하여 그들부터 노동의 소산을 빼앗고 있는 자들이다.

인간이 스스로 어떤 판단을 내릴 때 아주 흔히 범하기 쉬운 중대한 잘못 가운데 하나는 자신이 좋아하는 것만을 좋다고 생각하는 점이다. 인간은 부(富)를 좋아한다. 그래서 인간은 마음 속으로는 부를 분명히 악(惡)이라고 생각하고 있으면서도 부는 좋은 것이라고 억지로 스스로에게 납득시키려고 애쓰고 있다.

가난에서 도망치는 데는 두 가지 방법이 있다. 하나는 자신의 부(富)를 늘리는 일이고, 또 하나는 적은 것에 만족하도록 자기 자신을 훈련하는 일이다. 부(富)를 늘리는 일은 반드시 할 수 있는 일도 아니며, 또한 거의 대부분은 옳지 못한 것과 손잡지 않으면 안 된

다. 그러나 자기 욕망을 작게 하는 일은 항상 할 수 있는 일이고, 또한 언제나 영혼에게는 좋은 일이다.

　가장 악질적인 도둑은 자기에게 필요한 것을 자기 자신을 위해 갖는 자가 아니라, 자기에게 필요치 않지만 다른 사람에게는 꼭 필요한 것을 그 사람에게 넘겨 주지 않고 자신이 꼭 쥐고 놓지 않는 자이다. 그리고 바로 부자들이 그러한 짓을 하고 있다.

−1910년, 『인생의 길』, 제10장에서−

현대에 있어서 모든 악의 근원은 사유 제도이다. 사유 제도는 재산이 있는 지주와 자본가 계급이나 재산이 없는 노동자 계급에게도 고뇌의 근원이며, 사유 제도를 악용하는 자들의 양심에 가책을 느끼게 만드는 근원이며, 또한 지주·자본가 계급과 노동자 계급 사이에 충돌을 일으키는 위험스런 근원이 되기도 한다. 사유 제도는 악의 근원임과 동시에 현대 사회의 모든 활동이 지향하는 목표이며 현대 세계의 모든 활동을 이끌고 있는 것이다.

−1886년, 『그러면 우리는 무엇을 해야 하는가』, 제39장에서−

국가, 곧 정부가 음모를 꾀하거나 전쟁을 치르는 것은 사유에 대한 욕심 때문이다. 이를테면 라인 강 연안이나 아프리카나 중국 영토나 발칸 반도의 영토를 둘러싼 모든 움직임도 그러하다. 은행가나 상인이나 공장주나 지주가 악착스레 일하고, 약삭빠르게 변신하며, 고통에 시달림을 받고 계속 시달리고 하는 것도 사유 재산 때문이다. 남의 밑에서 일하는 사람이나 자기 재주로 벌어 먹는 사람이나 모두 사유 재산 때문에 허우적거리고, 서로 속이며, 시달림을 받고 있다. 재판소나 경찰은 사유 재산을 보호하고 있다. 징역이나 감옥 등 이른바 형벌의 온갖 잔혹함까지도 다 사유 재산에서 비롯되고 있다.

사유 제도는 모든 악의 근원이다. 그러나 전 세계는 사유 재산의 분배와 확보에 몰두하고 있다.

−1886년, 『그러면 우리는 무엇을 해야 하는가』, 제39장에서−

　사유 재산이란 무엇을 뜻하는가? 사유 재산이란 오로지 나 개인에게 주어지고 소속되어 있는 것, 언제나 내가 마음대로 처분할 수 있는 것, 아무도 나에게서 빼앗을 수 없는 것, 내 평생 쭉 내 것으로 남아 있는 것, 내가 쓰고, 늘리고, 잘 가꾸어야 하는 것을 말한다. 그러나 모든 인간에게 있어 이러한 사유 재산이란 바로 자기 자신뿐이다.

　그럼에도 불구하고 보통 이 말은 어처구니 없는 사유 재산을 가리키는 경우에 쓰인다. 즉, 세상의 모든 무서운 악인 전쟁이나 사형, 재판이나 감옥, 사치나 음란, 살인 등 인간이 파멸하는 데 근원을 이루는 저 어처구니 없는 사유 재산을 가리키고 있다.

-1886년, 『그러면 우리는 무엇을 해야 하는가』, 제39장에서-

이 세상에서 돈만큼 많은 죄를 만들어 내는 것은 없다.

-1863년, 『폴라쿠시카』, 제8장에서-

　한 인간이 다른 인간을 지배하는 현상은 돈에서 생기는 것이 아니라 노동자들이 자기 노동에 대하여 늘 충분하지 못한 가치 밖에 받지 못함으로써 생기는 것이다. 노동자가 자기 노동에 대하여 불충분한 가치밖에 받지 못하는 것은 자본과 지대와 노임의 특성에 기인하는 것이며, 또한 이 삼자(三者)관계에서 뿐만 아니라, 더 나

아가 생산과 소비와 부의 분배 사이에 나아가 생산과 소비와 부의 분배 사이에 나타나는 복잡한 관계에서 기인하는 것이다.

–1886년, 『그러면 우리는 무엇을 해야 하는가』, 제17장에서–

돈은 교역을 위해 쓰이는 해롭지 않은 수단이다. 그러나 이는 국내 연안에 폭탄을 장진한 대포가 국민을 향해 놓여 있지 않았을 경우에 한한다.

인간은 모두 자유이다. 한 인간이 다른 인간을 억압하거나 노예로 삼는 걸 놔 두고 있는 것은 아니다. 다만 사회에는 돈이라는 것과 불로소득이 증대하는 한편으로 노임은 가장 최저 선까지 감소한다는 철칙이 있을 뿐이다!

–1886년, 『그러면 우리는 무엇을 해야 하는가』, 제18장에서–

돈이 돈으로 존재하였던 모든 인간 사회에 있어서 무장하지 않은 약자에게는 항상 무장한 강자의 폭력이 존재하였다. 가축이나 모피, 가죽이나 금속일 수도 있었던 돈, 가치의 표시물이어야 하는 그 돈이 폭력이 존재하는 곳에서는 모두 폭력의 대상물로서의 의의를 지녀야만 했다.

–1886년, 『그러면 우리는 무엇을 해야 하는가』, 제19장에서–

　우리가 아는 돈이 존재하는 모든 사회에 있어서 돈이 교역수단으로서 의의를 지니는 것은 돈이 폭력의 수단이 되었기 때문이다. 돈이 지닌 주요한 의의는 교역 수단이라는 점에 있는 게 아니라 폭력에 봉사한다는 점에 있다. 폭력이 존재하는 곳에서 돈이 정상적인 교역 수단이 될 수 없는 것은 돈이 가치의 척도가 될 수 없기 때문이다. 돈이 가치의 척도가 될 수 없는 것은 남이 만든 노동의 산물을 약탈하는 자가 그 사회의 한 사람이라도 있으면 당장에 그 척도는 깨지기 때문이다.

　이를테면 한 사육자가 기른 말이나 소가 어떤 사육자에게서 폭력으로 빼앗아 온 말이나 소와 함께 가축 시장에 끌려 나왔다고 하자. 이 경우, 이 가축 시장에서 매겨지는 말과 소의 가치는 이미 이들 가축을 기르는 데 소요된 노동에 합당하지 않을 뿐더러 또 이 변동에 따라 다른 물건값도 덩달아 달라지게 된다. 돈으로는 이 변동에 따라 다른 물건값도 덩달아 달라져 돈으로는 이들 물건의 가치를 정할 수가 없게 된다.

　덧붙여, 소나 말이나 집이 폭력을 써서 손에 넣을 수 있는 거라면 마찬가지로 그 돈 자체도 폭력을 써서 손에 넣을 수 있는 것이며, 그 돈으로 무슨 물건이든지 손에 넣을 수 있게 된다. 이렇게 돈 자체가 폭력으로 얻어져서 물품을 구입하는 데 쓰여진다면 이미 돈은 교역 수단으로서의 면목을 완전히 잃어버리고 만다. 결국 돈을 약탈하여 그 돈으로 노동의 산물을 사들이고 있는 폭력자는 교역을 행하고 있는 것이 아니라 자기가 필요한 것을 슬쩍하여 그 돈

을 써서 수탈하고 있는 것이다.

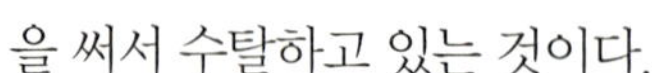

일반적인 견해로는 돈은 부를 나타낸다, 부는 노동의 소산이다, 따라서 돈은 노동을 나타낸다고들 한다. 이러한 견해는 모든 국가 조직은 계약(contrat social)의 결과로 생겼다는 견해만큼이나 옳다. 사람들은 누구나 돈은 노동의 교환 수단에 지나지 않는다고 즐겨 생각한다.

이를테면 나는 장화를 만들고, 당신은 곡물을 생산하고, 그는 양을 친다고 하자. 우리는 그것들을 교환하는 데 편리하도록 적당한 노동량을 나타내는 돈을 설정하고, 그 돈으로 구두 밑창을 양의 가슴고기나 4킬로그램의 곡물과 교환한다. 우리는 각자가 저마다 만든 것을 돈으로 환산하여 교환한다. 따라서 우리가 저마다 손에 넣는 돈은 우리의 노동을 나타낸다. 이것은 완전히 정당하다.

그러나 이것이 정당할 수 있는 것은, 이러한 교환이 이루어지는 사회에서 한 사람이 다른 사람에게 폭력을 휘두르는 현상이 이러나지 않는 동안뿐이다. 전쟁이나 노예 제도에서 자주 보여지는, 다른 사람의 노동에 대한 폭력과 심지어 자기 노동의 산물을 다른 사람으로부터 지키려는 폭력 현상까지도 보이지 않게 될 동안일 뿐이다. 그 구성원인 한 사람 한 사람이 기독교의 규범을 완전히 수행하고 있는 사회, 즉 구하는 자에게는 주어지고, 가져간 자에게는

돌려달라고 하지 않는 사회에 있어서만이 이것은 정당할 수 있다.

그러나 어떠한 형태든지 간에 사회 안에서 폭력이 행사되면 돈을 소유한 사람에게 있어 그 돈은 당장 노동을 나타내는 것으로서의 의의를 잃어버리고, 노동에 근거하지 않고 폭력에 근거한 권리로서의 의의를 갖게 되는 것이다.

-1886년, 『그러면 우리는 무엇을 해야 하는가』, 제19장에서-

돈은 노동 그대로를 나타낸다. 돈은 노동을 나타내지만, 그러나 누구의 노동을 나타내는가? 우리 사회에 있어서 돈이 돈을 소유한 사람의 노동을 나타내는 경우는 좀처럼 없다. 대개의 경우 돈은 다른 사람의 노동, 그것도 남의 과거나 미래의 노동을 나타내고 있다. 돈은 폭력에 의하여 결정된 다른 사람의 노동 의무를 나타내는 것이다.

돈, 그것은 다른 사람의 노동을 이용하는 가능성 또는 권리이다. 돈은 노예 제도의 새로운 형식이다. 돈이 노예 제도의 낡은 형식과 다른 점은 특정한 인간을 대상으로 하지 않는다는 것, 즉 노예에 대한 일체의 인간관계가 배제되어 있다는 것뿐이다.

돈은 노예 제도와 똑같은 것이다. 결국 목적이나 결과도 똑같다. 그러므로 돈, 그것은 노예 제도의 새로우면서도 두려워할 만한 형식이다. 그것은 노예도 노예 소유자까지도 타락시키는 인신(人身) 노예 제도의 낡은 형식과 완전히 똑같다. 아니 훨씬 나쁜 형식임에

틀림없다. 돈은 노예 소유자 사이의 개인적이고 인간적인 관계를
전부 없애 버리기 때문이다.

–1886년, 『그러면 우리는 무엇을 해야 하는가』, 제19장에서–

돈은 노동 그대로를 나타낸다. 돈은 노동을 나타내지만, 그러나
누구의 노동을 나타내는가? 우리 사회에 있어서 돈이 돈을 소유한
사람의 노동을 나타내는 경우에 좀처럼 없다. 대개의 경우 돈은 다
른 사람의 노동, 그것도 남의 과거나 미래의 노동을 나타내고 있
다. 돈을 폭력에 의하여 결정된 다른 사람의 노동 의무를 나타내는
것이다.

돈, 그것은 다른 사람의 노동을 이용하는 가능성 또는 권리이다.
돈은 노예 제도의 새로운 형식이다. 돈이 노예 제도의 낡은 형식과
다른 점은 특정한 인간을 대상으로 하지 않는다는 것, 즉 노예에
대한 일체의 인간 관계가 배제되어 있다는 것뿐이다.

돈은 노예 제도와 똑같은 것이다. 결국 목적이나 결과도 똑같
다. 그러므로 돈, 그것은 노예 제도의 새로우면서도 두려워 할 만
한 형식이다. 그것은 노예도 노예 소유자까지도 타락시키는 인신
(人身) 노예 제도의 낡은 형식과 완전히 똑같다. 아니 훨씬 나쁜 형
식임에 틀림없다. 돈은 노예 소유자 사이의 개인적이고 인간적인
관계를 전부 없애 버리기 때문이다.

–1886년, 『그러면 우리는 무엇을 해야 하는가』, 제19장에서–

사람이 돈을 많이 쓰면 쓸수록 그만큼 자신을 위하여 남에게 일을 시키는 것이다. 사람이 돈을 쓰지 않으면 쓰지 않을수록 그는 스스로 그만큼 많이 일하고 있는 셈이다

-1886년, 『그러면 우리는 무엇을 해야 하는가』, 제23장에서-

꽤 오랜 옛날부터 사람들에게 종교상의 미신이 주는 극심한 피해보다 더 하면 더했지 덜하지 않는 피해를 입혀 온 터무니없는 미신이 존재하고 있었고, 지금도 여전히 존재하고 있다. 게다가 소위 과학이란 것은 그 미신을 온 힘을 기울여서 매우 열심히 지지하고 있다.

이 미신은 종교상의 미신과 참으로 많이 닮았다. 그 미신은 인간에게 해야 할 인간의 의무말고도 터무니없는 존재에게 해야 하는 더 중요한 의무가 있다고 주장한다. 신학에서 그 터무니없는 존재란 신(神)이다. 정치학에 있어서 이 터무니없는 존재란 국가이다.

종교상의 미신이란, 터무니없는 존재에 바쳐지는 산 제물 – 그것은 때로 인명(人命)인 경우도 있다. – 이 꼭 필요하다는 점과 폭력까지 포함한 모든 수단을 통해 인간을 산 제물로 삼을 수도 있으며, 또 그렇게 해야 한다는 점에 있다. 정치상의 미신이란, 인간이 인간에게 해야 할 의무말고도 터무니없는 존재에 대한 보다 중요한 의무가 존재한다는 점, 또 터무니없는 존재인 국가에 바쳐지는 산 제물 – 그것은 인명인 경우가 아주 많다. – 이 꼭 필요하며, 폭력을 포함한 모든 수단에 의해 인간을 산 제물로 삼을 수 있고, 또 그렇게 해야 한다는 점에 있다.

예전에는 여러 종교에 봉사하던 자들에 의해서 지지되었던 이 미신이 지금은 소위 과학에 의하여 지지되고 있다. 사람들은 일찍이 없었을 만큼 매우 무섭고 매우 비참한 노예 상태로 밀려 떨어지고 있다. 그런데 과학은 그것이 당연한 일이며, 다른 상태는 있을 수 없다면서 사람들을 납득시키려고 애쓰고 있다.

옛날, 교회와 국가가 쥐고 있던 권력의 폭력을 정당화했던 신학의 세세한 부분은 성직자들만의 특수한 지식으로 머물러 버리고, 서민들은 '황제와 성직자, 그리고 귀족의 권력은 신성하다' 고 하는 기성의 결론만을 군소리 없이 믿도록 세뇌되었다. 그와 마찬가지로 지금, 철학이나 법률학 등 소위 과학의 세세한 부분은 과학자들의 독점물이 되고, 서민은 '사회 체제는 현재 있는 그대로여야 하며, 다른 형태의 체제는 존재할 수 없다' 고 하는 결론만을 군소리 없이 믿도록 세뇌되어 있다.

현대의 과학자들은 짐짓 위엄을 부리면서 자신만만하게 말하고 있다. 자신들은 사실만을 연구 대상으로 하고 있다고 말한다. 그들은 이 말에 뭔가 의미라도 있는 것처럼 여기고 있다.

사실만을 연구한다는 것은 절대로 있을 수 없는 일이다. 왜냐 하면 우리가 관철해야 할 사실은 글자 그대로 무수(無數)히 많기 때문이다. 사실을 연구하기에 앞서 먼저 이 무수한 사실 가운데서 어느 것과 어느 것을 고를 것인가, 그 근거가 될 이론을 가져야 한다.

이미 그 이론은 존재하고 있고, 더없이 명확하게 표현되기 조차 힘들다. 그러나 현대의 많은 과학자들은 이 이론을 무시하고 있다. 바꾸어 말하자면 알려고 하지 않는다. 아니면 정말 모르고 있든가, 아니면 모른 척하고 있는 것이다. 그 이론이란 다음과 같은 것이다. "인류는 멸망하지 않는 하나의 생명체이다. 각 개인은 이 생명체에 속한 각 기관의 작은 부분으로서 저마다 전체에 봉사해야 하는 특수한 사명을 띠고 있다."

—1886년, 『그러면 우리는 무엇을 해야 하는가』, 제29장에서—

성자(聖者)의 자리를 차지하고 있던 자가 자기 안에는 거룩한 것의 흔적조차 남아 있지 않으면서도 자기들은 모두 다 로마 교황이나 우리 나라의 종무원(재정 러시아 정교회의 최고 기관)과 같은 저주스러운 존재라고 깨닫는 순간에도 그들은 성자의 자리를 버리기는커녕 지성(知性)이라고 자처하고 나선다. 과학도 자기 안에 상식의 흔적조차 남아 있지 않음을 깨닫자마자 상식적인 과학, 곧 과학적인 과학이라고 자처하고 나선다.

—1886년, 『그러면 우리는 무엇을 해야 하는가』, 제30장에서—

과학과 예술은 굉장한 것이다. 그러나 과학과 예술이 굉장한 것이기에 더욱더 퇴폐 풍조에 물들게 해서는 안 된다. 자기 및 다른

사람의 생활에 노동으로서 봉사하는 인간의 의무를 소홀히 하는 풍조에 물들게 하여 과학과 예술을 타락시켜서는 안 된다.

−1886년, 『그러면 우리는 무엇을 해야 하는가』, 제33장에서−

과학자와 예술가는 민중을 위해 봉사하는 일을 자기의 목적으로 삼았을 때 비로소 나의 활동은 민중에게 유익하다고 말할 수 있다. 그러나 지금 그들은 정부와 자본가에게 봉사하는 것을 자기 자신들의 목적으로 삼고 있다.

−1886년, 『그러면 우리는 무엇을 해야 하는가』, 제34장에서−

과학의 임무는 민중에게 봉사하는 것이다.

−1886년, 『그러면 우리는 무엇을 해야 하는가』, 제34장에서−

과학과 예술 활동이 인류의 전진을 촉진시켰다고 말하는 것은 흐름에 따라 흘러가고 있는 배의 진행을 서툴기 짝이 없는 노 조작으로 방해하고 있으면서도 배의 전진을 돕고 있다고 말하는 것과 같다.

−1886년, 『그러면 우리는 무엇을 해야 하는가』, 제35장에서−

우리가 문화라고 부르는 모든 것은, 즉 우리들의 과학·예술·생활의 쾌적함이 향상되는 것까지도 다 인간의 정신적이고 자연적인 요구를 속이려는 시도이다. 위생학이나 의학이라고 일컫는 것은 모두 인간 본성에 기초한 자연적이고 육체적인 요구를 속이려는 시도이다.

상류 사회 인간들은 자기들이 문명이나 문화라고 부르고 있는 것이야말로 일하지 않는 소수의 인간들이 일하고 있는 대다수의 인간을 구속하는 노예 제도의 한 방법이며 결과라는 것을 깨달아야 한다.

현대에 있어서 애국심은 과거 시대의 잔혹한 전설이다. 그것은 단지 정부와 지배 계급이 자기들의 권력뿐만 아니라 자기들의 존재 자체도 애국심과 관련되어 있음을 알아차리고, 교활함과 폭력을 써서 열심히 국민들에게 애국심을 부추겨 퍼뜨렸기 때문에 그저 타성에 젖은 국민들 사이에서 유지되고 있을 뿐이다.

이제 애국심은, 예전에는 건물의 벽을 세우는 데 필요했지만 지금은 건물을 이용하는 데 방해가 되는 줄 알면서도 몇몇 사람들에게 이로움을 주기 때문에 언제까지 철거되지 않고 있는 비계와 같은 것이다.

-1894년, 『그리스도교와 애국심』, 제14장에서-

말하기조차 꺼려지는 일이긴 하지만, 인간 동지간의 집단적 폭력은 애국심이란 이름으로 행해지지 않았던 것이 없었고, 또 없을 것이다.

-1894년, 『그리스도교와 애국심』, 제14장에서-

성서의 전설에 따르면, 인류의 조상인 아담이 에덴동산에서 쫓겨날 때까지 아무런 노동도 하지 않는 것, 즉 나태함은 행복의 조건이었다고 한다. 에덴동산에서 쫓겨난 뒤에도 나태를 좋아하는 성정(性情)은 그대로 인간에게 남겨졌으나, 인간은 끊임없이 온갖

저주에 시달리고 있다.

　그러니까 우리가 빵을 얻기 위해서는 땀 흘려 일을 해야만 되고 그러한 정신적 특질 때문에 우리는 아무 일도 하지 않고 태연히 나태를 탐할 수는 없다. 마음 속에서 들리는 목소리는 우리들에게 '너희들은 나태한 것에 대해 죄책감을 느끼지 않으면 안 돼' 라고 속삭인다. 만일 인간이 나태함에 빠져 있으면서도 자기는 유익한 인간이며 자신의 의무를 다하고 있는 중이라고 스스로 느끼고 있다면 그는 원시적인 행복의 일면을 발견한 자일 것이다.

　그런데 이러한 비난을 받지 않으면서도 의무적이라고까지 할 수 있는 나태를 즐기고 있는 단체가 있다. 그것은 군인 집단이다. 바로 이 비난의 여지가 없는 의무적인 나태야말로 예전에도 그랬고, 앞으로도 군대 생활에서 맛보는 최고의 매력일 것이다.

-1869년, 『전쟁과 평화』, 제2권 제4부 제1장에서-

　노동에 대한 전면 파업보다는 징병에 대한 전면 파업이 필요하다. 이것이 이루어졌을 때야말로 파업이 추구하는 모든 목적이 달성된다.

-1894년, 일기에서-

모든 정부와 지배 계급들이 가장 먼저 군대를 필요로 하는 것은, 자주 국민들과 정면으로 대립하게 되며, 국민들의 요구에 바탕하지 않은 채 정부과 지배 계급에만 이로운 체제를 유지하기 위해서이다.

정부는 군대가 주로 외적(外敵)으로부터 나라를 지키기 위하여 필요하다고 말하고 있으나, 이것은 새빨간 거짓말이다. 군대는 무엇보다도 먼저 제 나라 국민을 억누르기 위해 필요한 것이다. 따라서 병역의 의무를 수행하고 있는 사람들은 모두 다 강제적으로 자기 나라 국민들에게 국가가 저지르는 모든 폭력 범죄의 공범자가 되는 것이다.

–1893년, 『신의 나라는 너희 안에 있다』, 제7장에서–

나는 스스로 나서서 군인이라는 직업을 택한 자들에게 이렇게 제안하고 싶다. 군인이라는 직업은 화려하고 사람들의 인기는 끌지는 몰라도 반면 범죄적인 부끄러운 직업이기 때문에 군인으로서 계급이 자꾸 올라가면 올라갈수록 그 곳에 담긴 부끄러운 범죄성도 날로 증가되는 사실을 똑똑하고 명확하게 호소해야 된다고 말이다.

또한 마찬가지로 형벌로 협박을 받았거나 혹은 매수되어 군에 복무하게 된 자들에게는, 군대에 들어가기로 승낙한 것이 얼마나 크게 신앙과 도덕과 상식에 어긋나는 잘못을 저지른 것인지를 똑

똑하고 명확하게 호소할 것을 제안하고 싶다. 군대에 들어가는 것은 살인자와 한 패거리가 됨으로써 스스로가 인정한 신의 육법을 저버리기 때문에 신앙에 어긋나는 것이다.

또한 권력에 의해 가해지는 형벌에 따른 공포나 개인적인 욕심 때문에 마음 속으로 옳지 않다고 인정하고 있는 일을 행하게 되는 것을 동의하여 군대에 들어가는 걸 승낙하는 건 도덕에서 벗어난다. 그것이 상식에서 어긋나는 것은, 군복무를 거부했을 때 신상에 닥치는 재앙보다 크진 않다 하더라도 군대에 들어가 전쟁이 일어난 경우에도 비슷한 정도의 재앙에 몸을 드러내 놓아야만 하기 때문이다. 그중에서도 특히 상식에 어긋나는 것은, 다른 사람들의 자유를 빼앗고 군인이 될 것을 강요하는 자들의 패거리에 가담하는 일이다.

– 1909년, 스톡홀롬 평화회의 연설 초안에서–

　역사적인 사건의 원인은 무엇인가? 권력이다. 권력이란 무엇인가? 권력이란 어떤 한 사람에게 옮겨진 민중들의 의지의 총화이다. 그러면 민중의 의지는 어떤 조건 아래서 한 개인에게 옮겨지는가? 그것은 그 사람이 모든 사람들의 의지를 표현하여야 한다는 조건이다. 즉 권력이란 우리들이 그 의미를 알 수 없는 말이다.

-1869년, 『전쟁과 평화』, 에필로그 제2부 제5장에서-

　내가 누구이든, 설령 다른 사람들을 억압하는 유한 계급에 속하는 인간이거나 남에게 압박받는 노동자 계급에 속하는 인간일지라도, 둘 중 어느 경우에 처해 있어도 복종하지 않아 얻게 되는 불이익은 복종해서 얻게 되는 불이익보다 작으며 복종하지 않아 생기는 이익은 복종을 해서 생기는 이익보다 크다.

-1893년, 『신의 나라는 너희 안에 있다』, 제9장에서-

　권력을 획득하고 권력을 유지하기 위해서는 권력을 사랑하지 않으면 안 된다. 성실과 결합하지 않는 권력욕은 오만, 교활, 잔인 등 성실과는 아주 반대되는 성직과 결합한다.

　자기 자신을 우러러 높이 세우고 남을 낮추어 멸시하지 않고서는, 위선이나 사기가 없이는, 감옥이나 요새나 사형이나 악인이 없이는 어떠한 권력도 탄생할 수 없으며, 유지될 수도 없다.

　그리스도의 가르침에 따르면, 착한 사람이란 겸허하고, 참고 견디며, 악에 대하여 폭력으로 갚지 않고, 모욕을 당해도 용서하며, 적을 사랑하는 사람이다. 악한 사람이란 잘난 체 하고, 권력을 행사하며, 다투고, 다른 사람에게 폭력을 휘두르는 자이다.

−1893년, 『신의 나라는 너희 안에 있다』, 제10장에서−

　대개 도둑이나 살인자나 간첩이나 매춘부는 자기 직업이 좋지 않다는 걸 인정하고 당연히 자기 직업을 부끄럽게 여기고 있다고들 생각한다. 그러나 사실은 전혀 반대이다. 운명이나 자기 죄나 잘못으로 말미암아 어떤 처지에 놓인 사람들은 거의가 다 그 처지가 아무리 원칙에서 벗어났다 하더라도 자신의 처지를 훌륭하고 정당하다고 믿도록 하기 위하여 그들은 본능적으로 자신들의 그러한 사고방식이나 처지를 인정해 주는 사람들과 하나의 사회를 이룬다.

　교묘한 솜씨를 자랑하는 도둑이나 잔인함을 자랑하는 살인자나 자기의 음탕함을 자랑하는 매춘부의 이야기를 듣는다면 우리는 깜짝 놀랄 것이다. 그러나 그것이 우리를 놀라게 만드는 것은 그들이 살고 있는 사회가 극히 소규모인 데다가 특히 우리는 그들의 사회 밖에 있기 때문이다.

　그러면 부자가 자기의 재산, 그러니까 약탈 솜씨를 자랑하거나, 군사령관이 승리, 곧 살인 행위를 자랑하거나 지배자가 권세, 곧

폭력을 자랑하는 것도 이와 다를 바 없는 현상이 아닐까? 그런 사람들이 자기들의 입장을 정당화하기 위하여 왜곡된 인생관이나 선악관을 갖고 있는 걸 우리들이 알아차리지 못하는 것은 그렇게 비뚤어진 사고방식을 지닌 사람들이 모인 사회 쪽이 훨씬 더 크고, 우리들 자신의 그 사회에 속해 있기 때문이다.

—1899년, 『부활』, 제1부 제44장에서—

어떤 계급의 가장 낮은 지위에 속하는 자들은, 첫째로 애국주의와 사이비 종교가 바탕이 된 교육을 받은 탓에 백치처럼 되어 버린 데다가 개인적인 이익에 눈이 멀어 자신들이 지닌 자유와 인간으로서의 긍지를 저버린 채 자신들에게 물질적인 이익을 제공해 준다는 이유로 자신보다 높은 지위에 서 있는 자들의 눈치를 살피고 있다. 약간 높은 지위에 서 있는 자들도 상황은 마찬가지이다.

이들도 또한 백치처럼 되어 버렸거나 또는 주로 개인적인 이로움 때문에 자기들의 자유와 인간으로서의 긍지를 내던지고 있다. 그보다 높은 지위에 서 있는자들도 마찬가지이다. 이렇게 하여 계급의 계단을 다 올라가면 몇 사람의 인간이 서 있는 최상단에 다다르고, 그 위는 원추형의 정점인데 거기에는 한 사람만이 서 있다.

그는 이제 더 이상 새롭게 손에 넣을 게 아무것도 없다. 그가 활동하는 유일한 동기는 권세욕과 허영심이다. 그는 마음대로 인민을 죽이고 살릴 수 있는 권력을 쥐고 있고, 그 권력과 결탁한 추종

자들이 보여 주는 아양과 아첨과 복종으로 타락하여 백치와 다름 없이 되었고, 줄곧 악을 행하면서도 자기는 인류에 대하여 신을 행하고 있다고 굳게 믿고 있다.

-1900년, 『죽이지 말라』에서 -

인간은 의식적으로 자기를 위해 생활하고 있다. 그러나 무의식으로는 역사적이고 전 인류적인 목적을 달성하는 도구가 되고 있다. 한 번 이루어진 행위는 두 번 다시 돌이킬 수 없으며 시간의 흐름과 더불어 그 행위가 몇백만에 이르는 다른 인간들의 행위와 합치되었을 때는 역사적인 의의를 지니게 된다. 인간이 사회적 단계에 높이 서게 되면 될 수록, 그리고 많은 사람들과 관련을 가지면 가질수록 다른 사람들보다 더 많은 권력을 지니게 되고, 그의 어떤 행위도 미리 예정되어 있던 것이며 피할 수 없는 것이었음이 더욱 뚜렷해진다.

"황제의 마음은 신(神)의 손 안에 있다." 황제는 역사의 노예이다. 역사, 곧 인류의 무의식적인 공동적 집단생활에서 황제가 누리고 있는 생활의 모든 순간들은 역사의 목적을 수행하기 위한 도구로 이용되고 있는 것이다. 역사에 나타난 사건에서 이른바 영웅이란 그 사건에 이름을 붙인 딱지와 같다. 딱지처럼 사건의 내용 그 자체와는 거의 관계가 없는 것이다.

-1869년, 『전쟁과 평화』, 제3권 제1부 제1장에서-

178

　역사적인 사건의 원인이 되는 것은 무엇인가? 이 문제에 대한 해답은 다음과 같다. 세계적인 사건의 진전은 어느 한 사람의 힘에 의해 결정되는 것이 아니라 이 사건에 관여한 모든 사람들의 의지가 합쳐져서 결정되는 것이다. 요컨대, 이러한 세계적인 사건의 진전에 나폴레옹과 같은 개인이 막대한 영향을 끼치고 있는 듯이 보이지만, 그것은 단지 겉으로만 그렇게 보일 뿐이다.

－1869년, 『전쟁과 평화』, 제3권 제2부 제28장에서－

　역사의 법칙을 연구하려면 관찰 대상을 완전히 바꾸어야만 한다. 황제나 장관이나 장군에 관한 것은 접어 두고 대중을 지도하고 있는 무한히 작고 같은 종류의 요소들을 연구해야 한다. 어느 누구도 이 방법으로 인간이 얼마나 역사의 법칙을 이해할 수 있을지는 함부로 말할 수 없다. 그러나 역사의 법칙은 이 방법에 의해서만 파악된다는 사실은 분명하다. 또한 사람들은 이러한 연구 방법에 대해서는 지금까지 역사가들이 여러 황제나 사령관이나 장관들의 업적을 기술하고, 이들 업적에 대한 고찰을 서술하는 데 쏟은 노력의 백만 분의 일도 쏟지 않고 있는 것도 분명한 사실이다.

－1869년, 『전쟁과 평화』, 제3권 제3부 제1장에서－

어떤 위정자도 태평스러운 시대에는 자신의 지배 아래 있는 주민들이 자신이 애쓰는 덕에 살고 있다고 생각한다. 그러면서 자기 자신은 없어서는 안될 사람이라고 우쭐해서 자만하고, 그렇게 자만하는 것을 자기가 수고하고 애쓴 데 대한 최대의 대가로 느끼고 있다. 부서진 작은 배에 타고 앉아 민중이라는 커다란 배에 삿대를 걸쳐 놓고 있는 위정자들은 역사의 바다가 잠잠할 동안은 자기가 타고 있는 작은 배가 큰 배에 이끌려서 움직이고 있는 데도 불구하고 민중이라는 큰 배가 자기가 걸쳐 놓고 있는 힘으로 움직이고 있다고 생각한다.

그러나 폭풍우가 몰아닥쳐서 바다가 요동치고 큰 배가 움직이기 시작하면, 그때는 이미 그러한 착각이 끼여들 틈이 없다. 큰 배가 거대한 몸체를 움직여 제 스스로 운행을 시작하고 큰 배에 더 이상 작은 배의 삿대가 닿지 않게 되면, 그 순간 위정자들은 힘의 근원인 통치자의 지위에서 하잘것없고 아무 쓸모없는 약한 인간으로 전락해 버리는 것이다.

—1869년, 『전쟁과 평화』, 제3권 제3부 제25장에서—

국가란 시민을 착취하기 위해서 뿐만 아니라 특히 시민을 타락시키기 위해 결성된 집단입니다…….

—1857년, 포토킨에게 보낸 편지에서—

민음을 지녔든 믿음을 지니지 않았든지 간에 현대를 살아가는 누구에게든 "당신들이 실생활을 해 나가는 데 있어 어떤 가르침에 따르고 있습니까?"라고 물어 보라. 그들은 자신들이 하나의 가르침, 즉 제2국(러시아 황제 직속 관방 제2국, 입법을 담당)관리들이나 입법회의가 만들어 경찰이 집행하는 법률에 따르고 있음을 고백할 것이다. 이 법률은 현대 유럽인들이 인정하고 있는 유일한 가르침이다.

그들은 이 가르침이 하늘이 내려 준 것도, 예언사가 일러 준 것도, 슬기로운 사람이 권한 것도 아님을 알고 있다. 그들은 관리들이나 입법회의가 만든 이 법률을 줄곧 비난해 왔지만 그러면서도 역시 그 가르침을 인정하고 법률 집행자인 경찰에 복종하면서 경찰의 어떠한 심한 요구에도 불평하지 않고 따르고 있다.

관리들이나 입법회의는 '청년이면 누구나 다 능욕당하고, 살해되는 일과 남을 살해하는 일을 각도하지 않으면 안 된다' 라고 적고 있다. 그런데도 자식을 길러 내는 세상의 아버지나 어머니들은 뇌물을 받아먹는 관리들에 의해 어제 만들어졌다가 내일은 변경될지도 모르는 이 법률에 따르고 있다.

–1893년, 『신의 나라는 너희 안에 있다』, 제11장에서–

국가는 인류의 생활을 이끄는 역할을 맡았다. 국가는 국민들에게 정의, 평안, 생활의 보장, 질서, 일반적·정신적·물질적인 욕구의 충족을 약속했다. 그 대신 국가를 이끄는 위정자들은 생활을 위해 치러야 했던 인류의 투쟁에서 몸을 빼 뒤로 물러나 버렸다. 그리고 위정자들은 다른 사람의 노동을 이용할 수 있는 가능성을 얻게 되자 교회에 봉사하는 정직자들이 했던 것과 똑같은 짓을 했다.

그들의 목적은 국민에게 있는 게 아니라 국가에 있었다. 위정자들은 국왕으로부터 말단 관리에 이르기까지 로마에서도, 프랑스에서도, 영국에서도, 러시아에서도 나태와 방종에 몸을 맡겼다. 그 때문에 주민들은 국가에 대한 신뢰를 잃어버리고, 이제는 의식적으로 무정부 사회를 이성 사회로서 생각하기에 이르렀다.

우리들 누구나가 다 알고 있는 일이지만 법률은 사욕·기만·각 당파들 간의 투쟁의 산물이다. 법률에 진정한 공평성이란 없으며, 있을 수도 없다. 그러므로 현대를 살아가는 사람들은 민법이나 국법에 따르는 것이 인간의 본성에 근거한 이성적인 요구를 충족시키는 일이라는 주장을 믿을 수가 없다. 사람들은 이미 오래 전부터 진실성이 의심스러운 법률을 따르는 일이 얼마나 비합리적이라는 걸 알고 있다.

따라서 합리성과 필연성을 인정할 수 없는 법률에 따르지 않으

면 안 될 때 사람들은 괴로워하는 것이다

나는 신과 인간의 규범을 닥치는 대로 깨부수고 있는 법률을 인정하기도 싫고, 또한 인정할 수도 없다.

국민들이 정부에 복종하는 일을 그만두게 되면 세금도, 토지 징수도, 권력에 의한 어떠한 압박도, 병역도, 전쟁도 사라질 것이다. 이는 매우 간단하고 쉬운 일처럼 생각된다. 그런데 어째서 사람들은 오늘날까지 이를 실행하지 않았고, 아직도 하려고 하지 않는 것일까? 그것은 정부에 복종하지 않으려면 신(神)에게 복종해야만 하기 때문이다. 즉, 올바른 도덕적 생활을 해나가지 않으면 안 되기 때문이다.

국가는 허구의 존재이다. 실재(實在)의 국가는 일찍이 존재하지도 않았으며 지금도 존재하고 있지 않다. 실재하고 있는 것은 한 사람의 인간과 그 밖의 인간들의 생활뿐이다.

　사람들은 국가가 안에 있으면서도 자유에 대해 이야기한다. 그러나 국가의 모든 기구는 어떠한 자유와도 서로 병립할 수 없는 폭력을 토대로 하고 있다.

−1910년, 『인생의 길』, 제14장에서−

　황제나 국가 관리들이나 부자들이 스스로 인간은 국가 없이는 살아갈 수 없다고 믿으며, 다른 사람들에게 설득하고 있는 이유를 이해할 수는 있다. 그러나 국가로부터 아무것도 받는 게 없는 가난한 사람들이, 거꾸로 국가 때문에 괴로움만 당하고 있는 이들이 도대체 무엇 때문에 국가를 옹호하는 것일까? 그것은 그들이 국가에 관한 거짓투성이의 속설을 믿고 있기 때문이다.

　국가에 관한 거짓투성이의 속설은 이미 거짓을 진실처럼 꾸며 둘러대고 있다는 점만으로도 해롭다. 그렇지만 가장 해로운 것은 양심과 신의 율법과 규범에 어긋나는 일을 선량한 사람들에게 시키면서, 이를테면 가난한 자로부터 빼앗고, 사람을 심판하고, 사형에 처하고, 전쟁을 일으키는 따위를 그들에게 하도록 만들고는 그러한 일들이 나쁜 일이 아니라고 믿게 한다는 점이다.

−1910년, 『인생의 길』, 제17장에서−

'100명 중에서 1명이 99명을 지배하는 건 옳지 않다. 이것은 전제정치이다. 10명이 90명을 지배하는 것 또한 옳지 않다. 이것은 과두정치이다. 51명이 49명을 지배하게 된다면, 물론 이런 일은 공상에 불과하다. 실제로는 이런 경우에는 51명중에서 10명 내지 11명이 나머지를 지배하는 것이긴 하지만 이는 완전히 옳다. 이것이야말로 자유이다.' 이러한 사고 방식보다 더 우스꽝스러운 것이 또 있을까. 그런데 바로 이 같은 사고 방식이 국가의 구조를 개선하려는 모든 사람들이 활동하는 데 밑바탕이 되고 있다.

국가 구조가 지닌 최고의 악(惡)은 인간 생활을 망치는 데 있는 게 아니라 사랑을 소멸시켜서 사람들 사이에 분열을 일으키게 만드는 데 있다. 국민을 지배하는 자들이 반드시 아주 잔인하며 언제나 늘 도덕과는 거리가 먼 자들이고 그 시대와 사회를 살아가는 사람들이 지닌 평균적인 도덕 수준보다 반드시 낮은 데 있는 자들이라는 걸 이해하려면, 우선 정부가 무엇을 위하여 권력을 행사하고 있는가 하는 본질적인 면을 생각하면 된다.

도덕적인 사람들뿐만 아니라 도덕과 동떨어지지 않은 사람들은 왕좌에 오르거나, 정부 관리가 되건, 입법자가 되거나, 또는 국민 전체의 운명을 결정하는 권한을 지닌 자가 될 수는 없다. 도덕적이고 덕망 있는 위정자란 말은 처녀인 매춘부라든가, 품위 있는 주정꾼이라든가, 마음씨 고운 강도라는 말과 같이 본질적으로 앞 뒤가 전혀 맞지 않는 모순에 가득 찬 말이다.

-1910년, 『인생의 길』, 제17장에서-

　서로 거짓으로 결합되어 있는 인간들은 딱 달라붙어 버린 하나의 덩어리와 같다. 이 덩어리의 결합력이 바로 세계의 악(惡)이다. 인류의 모든 이성적인 활동은 이 거짓에 의한 결합을 파괴하는 일에 기울여지고 있다.

　모든 혁명은 이 덩어리를 폭력으로 부수어 버리려는 시도이다. 사람들은 이 덩어리를 두들겨 부수면 이 덩어리가 덩어리로 남아 있지 않을 것이라고 생각한다. 그래서 사람들은 이 덩어리를 치고 때리고 두들겨 부수려고 애를 쓰지만, 그러나 실제로 그것은 덩어리를 오히려 점점 더 강하게 단련시킬 뿐이다.

　아무리 그 덩어리를 두들기고 쳐도 내부의 힘이 덩어리의 각 부분으로 전달되어 각 부분을 덩어리에서 떨어지게 하지 않으면 각 부분의 결합은 풀어지지 않을 것이다.

　인간을 결합시키는 힘은 허위이며 거짓이다. 허위로 결합된 인간의 결합체 각 부분을 해방시키는 힘은 진실이다. 진실은 진실된 행위에 의해서만 사람들에게 전달된다.

　진실된 행위만이 각자의 의식에 빛을 가져와서 거짓에 의한 결합은 부수고, 거짓에 의해 서로 결합되어 있는 덩어리로부터 사람들을 차례차례로 떼어 놓는 것이다.

-1884년, 『나의 신앙은 무엇에 있는가』, 제12장에서-

인류 생활에 있어서 가장 위대하고 가장 중요한 변화가 일어나기 위해서는 눈부신 일, 이를테면 무장한 수백만의 군대, 새로운 도로나 기계의 건설, 박람회의 개최, 노동 조합의 결성, 혁명, 바리케이드, 폭파, 발명, 공중 비행 등은 전혀 일체 필요가 없다. 필요한 것은 여론의 변화뿐이다.

여론을 바꾸기 위하여 여러모로 궁리하고 머리를 어지럽힐 필요는 없다. 또 현재 있는 것을 뒤엎어서 뭔가 새롭고 이상한 것을 생각해 낼 필요도 없다. 다만 필요한 것은 정부에 의하여 인위적으로 만들어지고 있으며, 이미 스러져 버린 과거의 거짓 여론에 농락당하지 않도록 하는 일이다. 그리고 단지 각 개인이 자기가 정말로 생각하고 느끼고 있는 것만을 말하고, 적어도 마음에 없는 말을 하지 않는 일만이 필요하다.

비록, 아주 적은 수의 사람들일지라도 이렇게 한다면, 죽은 여론은 금방 저절로 쇠퇴해 버리고 진정 살아 있는 젊디 젊은 여론이 일어나게 될 것이다. 여론이 변화하면 사람들을 괴롭히고 있는 생활의 내부 구조도 아주 쉽게 저절로 바뀔 것이다. 지금 사람들을 괴롭히고 있는 모든 재앙에서 해방되기 위하여 필요한 일이 얼마나 사소한 일에 불과한지 말하기조차 부끄러울 정도이다.

한 마디로 말하면 다만 거짓말을 하지 않는 일이 필요하다. 사람들이 자신들에게 퍼뜨려지는 거짓말에 걸려들지 않는다면, 그리고 자신들이 생각하지 않고 느끼지 않은 일을 입 밖으로 내뱉지만 않는다면, 혁명가들이 - 설령 그들이 정권을 잡은 혁명가들일

지라도 – 몇 세기가 걸려도 해 낼 수 없을 만한 대변혁이 당장 우리 생활의 모든 체제에 걸쳐서 이루어질 것이다.

–1894년, 『기독교와 애국심』, 제17장에서–

러시아 및 모든 기독교 체계에 있어서, 폭력을 사용하여 민중들의 생활을 향상시키려는 두 적대적인 진영인 혁명가와 정부가 지닌 입장과 활동은 따뜻해지려고 자신들이 살고 있던 집벽을 때려 부숴 불태우는 사람들과 비슷하다.

–1908년, 『폭력의 율법과 사랑의 율법』에서–

모든 혁명의 잔인성은 지배자들이 지닌 잔인성의 결과에 불과하다. 혁명가는 이해가 빠른 학생과 같다. 몇몇 사람들이 다른 사람들의 생활을 폭력으로 조직할 수 있고 조직할 권리를 갖고 있다고 보는 야만적인 사고 방식은 만일 모든 권력자나 모든 지배자가 미리 그러한 사고 방식을 심어 놓지 않았더라면 결코 새로운 혁명가의 머리에 떠오르는 일은 없었을 것이다.

만일 당신이 사회 구조가 잘못되었음을 깨닫고 이를 바로잡으려고 한다면 그것을 위한 수단은 오직 하나밖에 없음을 알라. 그 수단이란 모든 인간이 보다 올바른 인간이 되는 것이다. 그리고 모든 인간이 보다 올바른 인간이 되기 위하여 당신이 할 수 있는 일은 하나이다. 바로 당신 자신이 바른 인간이 되는 것이다.

−1910년, 『인생의 길』, 제14장에서−

　사람이면 누구나 시(詩)를 사랑하고 시를 소망하고 있다. 누구나가 자신의 인생에서 시를 소망하고 시를 찾고 있다. 그러나 어느 누구도 시의 힘을 인정하는 사람은 없다. 아무도 세상에서 가장 멋진 이 행복을 소중하게 여기는 사람은 없다.

　인생을 움직이고 있는 힘 가운데 가장 강력한 힘, 그것은 시(詩)에 대한 욕구이다. 여러분들이 이 욕구를 의식하고 있지 않더라도 여러분에게 무엇인가 인간적인 면이 남아 있는 한 여러분들은 그것을 늘 느끼고 있을 것이다.

-1857년, 『D. 네프류도프 공작의 일기(루체룬)』에서-

　사람의 힘 없이 시(詩)는 존재하지 않습니다.

-1867년, 페트에게 보내는 편지에서-

　시(詩)는 인간의 영혼 속에서 타오르는 불이다. 이 불은 스스로 태우고, 달구며, 주위를 밝힌다. 참다운 시인은 본능적으로 괴로워하면서 제 몸을 태우고 다른 사람까지도 태워 버린다. 여기에 모든 본질이 담겨져 있다.

-1870년, 노트에서-

　민중은 독자적인 문학을 가지고 있다. 그것은 아름다우며, 흉내 낼 수 없는 것이고, 결코 거짓되지 않다. 그것은 민중 속에서 저절로 우러나오는 것이다.

　어떤 대상을 자기 자신이 똑똑하게 포착하고 있는가 어떤가를 판단할 수 있는 시금석은, 배움의 기회가 없었던 사람들에게 그 대상에 대한 내용을 그들의 언어인 서민의 언어로 전달할 수 있는가 하는 것이다.

－1853년, 일기에서－

　사람은 누구나 자신의 언어로 말해야 한다.

－1853년, 일기에서－

　만일 내가 대중 잡지를 만들어 내는 사람이라면 기고자들에게 이렇게 말할 것입니다. 쓰고 싶은 걸 다 써도 상관없으나, 다만 인쇄소에서 다 만들어진 잡지를 실어다 주는 짐마차 마부까지도 알 수 있는 언어를 사용해서 써 달라고 말입니다. 그러면 그 잡지는 청결하고, 건전하며, 훌륭한 글들로 가득 채워지리라고 나는 확신합니다.

－1873년, 페이켈에게 보낸 편지에서－

만일 내가 황제였다면, 자기 스스로에게도 그 뜻을 설명하지 못하는 언어를 사용하는 작가에게서 쓸 권리를 빼앗고 곧장 백 대의 형에 처한다는 법률을 발포할 것입니다

−1878년, 스트라호프에게 보낸 편지에서−

언어는 우리가 일부러 거기에 잘못된 뜻을 부여하지 않는 한, 언제나 분명한 뜻을 지니고 있다.

−1886년, 『그러면 우리는 무엇을 해야 하는가』, 제39장에서−

인간이 서로 지적(知的)인 교류를 하는 데 있어 유일한 수단은 언어이다. 지적인 교류를 가능케 하려면 우선 모든 사람이 하나하나의 언어에 대하여 타당하고 정확한 개념을 확실히 파악할 수 있도록 언어를 사용해야 한다.

−1887년, 『인생의 론』, 서문에서−

인간은 언어를 가지고 사색합니다. 언어가 없으면 사상도 없습니다. 사상은 나와 그리고 모든 인류의 생활을 움직이는 원동력입니다. 때문에 사상을 불성실하게 다루는 것은 커다란 죄입니다. 그리고 '언어를 죽이는' 것은 '인간을 죽이는' 것 못지않은 것입니다.

-1890년, 지르케비치에게 보내는 편지에서-

만일 우리가 갖고 있는 가장 주요하고 강력한 힘은 사상이며, 또 그 사상의 표현은 언어임을 더 확실히 이해한다면, 또한 그런 사실을 가슴에 새겨 놓고서 그 힘을 발휘할 때는 아주 필요한 곳에서, 더 조심스럽고 더욱 대담하게 한다면 아주 많은 악(惡)이 근절되고 이 세상에는 선(善)이 늘어날 것이다.

사람이 정말로 총명하면 할수록 자기 사상을 표현하는 자신의 언어는 점점 단순해지는 것이다.

-1910년, 『인생의 길』, 제19장에서-

언어는 사상의 표현으로서 인간이 인간을 결합시키기도 하고 멀어지게도 한다. 그러므로 언어는 신중하게 다루지 않으면 안 된다.

입에 담지 않은 말은 황금과 같다.

-1910년, 『인생의 길』, 제19장에서-

　언어는 인간과 인간을 결합시킬 수 있다. 언어는 인간과 인간을 멀어지게 할 수도 있다. 언어는 사랑을 만들 수 있다. 언어는 적의와 증오도 만들 수 있다. 우리는 인간과 인간을 멀어지게 하고, 적의와 증오를 만들게 하는 언어를 경계하지 않으면 안 된다.

　언어는 사상의 표현이다. 사상은 신이 가진 힘의 표상이다. 그러므로 언어는 그 언어가 표현하고 있는 내용과 합치해야 한다. 언어는 차별 없이 존재할 수 있으나, 악의 표현일 수는 없으며 또 그렇게 되어서는 안 된다.

　미치광이에 대한 최상의 대답은 침묵이다. 당신이 대답을 말로 한다면 미치광이에게 한 당신의 그 한 마디가 다시 당신에게 되돌아올 것이다. 모욕을 모욕으로 답하는 것은 불 속에 장작을 던져 넣는 것과 다를 바 없다.

　시간은 흘러가지만, 한번 입에 담은 말은 그대로 남는다.

　우리는 장탄된 총을 신중히 다루어야 한다는 것을 알고 있다. 그러나 언어도 그와 똑같이 신중히 다루어야 한다는 사실은 알려고 하지 않는다. 언어가 사람을 죽일 수 있을 뿐만 아니라 살인보다도 더 나쁜 악을 행할 수가 있다.

-1910년, 『인생의 길』, 제19장에서-

꿈에는 현실보다 좋은 면이 있다. 현실에는 꿈보다 좋은 면이 있다. 완전히 행복은 꿈과 현실이 결합하는 데 있다.

단순함. 내가 무엇보다도 획득하고 싶다고 바라는 특징이다……. 문학이 부진한 원인은 안일하게 작품을 읽는 게 습관이 되면서 쓰는 일을 직업으로 삼은 때문이다. 일생에 단 한 권, 훌륭한 책을 써낸다면 충분하고도 남을 정도이다.

단순함은 정신적인 미(美)의 주요한 조건이다. 독자가 작품에 등장하는 인물에 대해 공감을 느끼려면 독자 스스로가 미덕으로 보아 넘길 수 있을 정도의 결점을 등장인물에게서 발견해야 한다. 미덕은 그럴 수 있는 사항이지만 결점은 필연적인 사항이니까.

작가는 누구나 작품을 쓰는 데 있어서 특별한 부류에 속하는 이상적인 독자들을 고려하고 있다. 이 이상적인 독자들의 요구를 작가 자신에게 똑똑히 확인시켜야 한다. 실제로 그러한 독자가 이 세상에 딱 두 사람만 있다고 하더라도 오직 그 두 사람을 위해서만 작자는 작품을 써야 한다.

모든 작품의 목적은 유익함, 곧 선(善)에 있지 않으면 안 된다. 작품의 주제는 고상해야만 한다. 낡은 수법은 피하지 않으면 안 된다. 초고를 끝내 놓고 처음으로 퇴고할 때는 군더더기를 깨끗이 없애기만 할 뿐, 아무것도 새로이 덧붙여 써서는 안 된다. 자기 작품을 검토할 때는 책에서 재미만을 요구하는 독자의 입장에서 서지 않으면 안 된다.

—1853년, 일기에서—

노동에서 지치고 궁핍함으로 가득 찬 생활로 말미암아 서민들은 우리들보다 훨씬 높은 데 있는 것이다. 그러므로 우리 동료들이 짐짓 서민들의 나쁜 면을 찾아 묘사하는 것은 좋은 일이 아니다. 나쁜 면은 서민에게도 있다. 그러나 서민에 대해서는 죽어 돌아간 사람에 대해 말할 때처럼 좋은 것만 이야기하는 게 좋다.

이것은 투르게네프의 장점이고, 그리고로비치와 그의 『어부』(그리고로비치의 1853년도 작품)의 단점이다. 이 가난하고 훌륭한 계급의 악덕이 누구의 흥미를 끌 것인가? 서민에게는 나쁜 면보다 좋은 면이 훨씬 많다. 그러므로 나쁜 면보다도 좋은 면의 근원을 찾는 편이 보다 자연스럽고 훨씬 더 품위가 있다.

—1853년, 일기에서—

　자기 자신을 만족시키는 문학적인 성공은 문학 대상을 철저하게 규명함으로써 얻어진다. 그러나 글을 쓰는 작업이 언제나 흔쾌하기 위해서는 문학적인 대상이 고상하지 않으면 안 된다.

　풍부한 정조(情操)를 지닌 총명한 인간에게 있어서 글을 아주 잘 쓰는 기교란 써야 하는 게 무엇인가를 아는 데 있지 않고, 써서는 안 되는 게 무엇인가를 아는 데 있다.

—1853년, 일기에서—

　문학에 있어서 가장 나쁜 것은 자기 자신을 모방하는 일이다.

—1857년, 노트에서—

　'사람을 심판하지 말라' 라는 복음서의 말은 예술에 있어서도 지극히 옳은 것이다. 이야기하라. 묘사하라. 그러나 심판하지는 말라.

　어느 장르에서나 그것을 완전한 것으로 마무리해 낸다는 것은 두 개의 극(極)을 독창적으로 결합시키는 일이다. 예술로서의 문학에 있어서 하나의 극은 개성이고, 또 하나의 극은 독자들의 요구이다.

—1857년, 일기에서—

200

비평이란 쓸모가 없는 것이다. 비평이란 찬합 구석구석까지 들쑤셔대는 식의 과실(過失)이 없는, 따라서 비인간적인 견해이기 때문에 비평에서 가능한 것은 매도와 아첨뿐이다.

-1857년, 일기에서-

예술은 인간 안에 있는 힘을 최고조로 발휘하는 것입니다.

-1858년, 「알베르토」, 제/상에서-

예술은 거짓말입니다. 나는 이제 더 이상 이 아름다운 거짓말을 사랑할 수가 없습니다.

-1860년, 페트에게 보내는 편지에서-

곡조가 맞지 않는 엉뚱한 음이 튀어나오진 않을까 하고 겁을 먹어 쭈뼛거리는 가수나 바이올린 연주자는 청중에게 결코 시적인 감동을 주지 못한다. 마찬가지로 작가나 연설자도 할 말을 다 못하거나 깜빡 잊고서 잘못 말하거나 하진 않을까 염려하여 벌벌 떨고 있으면 새로운 사상이나 감정을 내세울 수 없다.

-1856년, 노트에서-

예술 비평은 유기 화학과 같다. 비평은 예술을 분석은 하지만 그 분석의 결과로 얻은 지식은 아무런 쓸모가 없다.

−1856년, 노트에서−

역사가에게 있어서 어떤 하나의 목적을 달성하기 위하여 한 인물이 어떻게 협력했는가 하는 의미에 비추어 영웅이 존재하는 것이다. 예술가에게 있어서는 생활의 모든 면에서 한 인물이 어떻게 적응했는가 하는 의미에 비추어 보았을 때만 하나의 인간이 존재하는 것이다. 그러므로 예술가에게 영웅이라는 것은 존재할 수가 없고, 또 존재해서도 안 된다.

−1868년, 『전쟁과 평화에 대하여』에서−

인간이 존재하기 시작한 이래 사람들에 의해 높이 평가된 참다운 예술은 인간의 사명과 행복을 표현하는 과학으로서의 의미 외에 또다른 의미를 갖지 않았다.

−1886년, 『그러면 우리는 무엇을 해야 하는가』, 제36장에서−

현대의 과학자나 예술가나 어째서 왜 자신들의 사명을 다하지 않고 있는가? 왜 다하지 못하고 있는가? 그것은 그들이 자신들의 의무를 권리처럼 여기기 때문이다. 참된 의미의 학문 활동 또는 예술 활동은 권리를 인식하지 않고 의무만을 인식할 때, 비로소 열매를 맺는다.

반질반질 윤이 흐르는 데다가 살찌고, 자기 만족에 빠져 있는 사상가나 예술가는 존재하지 않는다. 실제로 다른 사람에게 도움이 되는 정신 활동이나 그 표현은 사람에게 있어서 가장 어려운 사명이며, 그것은 복음서에 쓰인 표현을 빌리자면 바로 십자가인 셈이다.

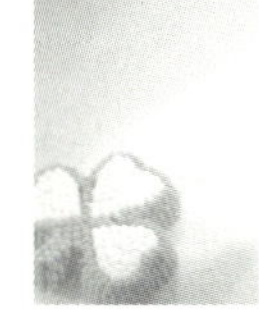

사상가나 예술가가 되는 사람들은, 실제로는 과학과 예술을 파괴하는 사람들을 길러 내고 있지만 겉으로는 학자나 예술가를 길러 내고 있는 학교에서 교육을 받고 졸업 증서와 함께 생활의 보장을 받은 사람들이 아니다. 그들은 아무리 가슴 속에서 솟구쳐 오르는 느낌들에 대해 깊이 생각하지 않으려 하고, 표현하지도 않으려고 애를 써봐도 두 개의 불가항력, 곧 내적인 욕구와 사람들의 요구 때문에 사색하고 표현하지 않고는 배겨 낼 수 없는 사람들이다.

우리나라에서 과학이며 예술로 불리고 있는 것들은 나태한 사고(思考)와 감정을 어루만지는 데 목적을 두고 있다. 그렇기 때문에, 민중들에게는 아무것도 이해시키지 않고 아무것도 이야기해 주지 않는다. 그것들은 이미 민중들의 행복을 생각하고 있지 않기 때문이다.

　참다운 예술가라 일컬어지는 모든 이들이 예술가인 까닭은, 그들이 써야 할 거리를 가지고 있고, 또 쓸 능력이 있으며, 그것과 더불어 읽고 관찰하는 능력과 가장 엄격한 수준에서 자신을 심판할 능력을 갖고 있기 때문입니다.

-1887년, 게에의 편지에서-

　예술은 선(善)과 악(惡)을 가려 내는 수단의 하나이며, 아름다운 것을 인식하기 위한 수단이기도 하다.

-1890년, 일기에서-

　나는 훨씬 이전부터 모든 예술 작품을 다음의 세 가지 면에서 판정하는 법칙을 만들고 있다.

　우선 내용에서 살펴 보면 예술가가 새로운 면에서 펼쳐 보여 주는 사물이 사람들에게 얼마나 중요하고 필요한 것인가 하는 점이다. 모든 작품은 그것이 생활의 새로운 면을 펼쳐 보여 주고 있을 때, 비로소 예술 작품이기 때문이다.

　다음으로 작품의 형식이 얼마나 바람직하고, 얼마나 아름다우며, 또 얼마나 내용에 합치되고 있는가 하는 점이다.

　마지막으로 예술가가 자기 대상에 대하여 얼마나 성실한 태도를 취하고 있는가, 즉 그가 자기가 그리는 대상을 어느만큼 믿고

있는가 하는 점이다. 나는 예술 작품에 있어서 언제나 이점이 가장 중요하다고 생각한다. 그것은 예술 작품에 힘을 불어 넣고 강한 감화력을 준다. 관객이나 청중이나 독자에게 예술가가 체험하고 있는 감정을 그대로 유발시키게 해 준다.

-1894년, 세말노프의 『농민소설』을 위한 서문에서-

모든 진정한 재능이 거짓된 이론의 영향을 받아서 왜곡되어 있지 않다면, 그 재능을 지닌 사람을 가르치고, 그에게 정신적인 발달의 길을 걷게 하며, 사랑할 가치가 있는 것을 사랑하도록 만들고, 미움을 받아 마땅한 것을 미워하도록 만드는 특질을 본디 지니고 있다. 이러한 점이 바로 참다운 재능이 지닌 놀라운 특질이다. 예술가는 예술적인 대상을 예술가 자신이 보고 싶은 대로 보는 것이 아니라 그 대상이 가진 그대로를 정말 그대로 보기 때문에 예술가인 것이다.

-1894년, 모파상을 작품집을 위한 서문에서-

예술이 있어서 가장 중요한 것은 아름다움이란 무엇인가 하는 것이다. 아름다움은 우리가 사랑하는 것이다. 아름답기 때문에 귀여운 것이 아니라 귀엽기 때문에 아름답다는 옛말이 있는데, 문제는 왜 귀여운가 하는 데 있다. 왜 우리는 사랑하는가? 아름답기 때

문에 사랑한다는 것은 공기가 맛있기 때문에 호흡한다는 말과 같다. 우리는 호흡을 하지 않으면 살 수 없기 때문에 공기를 맛있다고 느끼는 것이다. 마찬가지로 우리는 사랑하지 않으면 안 되기 때문에 아름다움을 발견하는 것이다. 그리고 어떤 사람들은 정신적인 아름다움을 보지 못하기 때문에 하다못해 육체적인 아름다움을 보고 사랑을 하는 것이다.

−1896년, 일기에서−

　글을 계속해서 써야 하는가, 글 쓰는 것을 그만두어야 하는가 하는 질문입니다만, 똑같은 문제를 내 자신이 짊어지고 생각해 본 바를 그대로 여기에 적었습니다. 자기 자신이 글을 쓰는 것은 인류의 행복에 도움이 되는 중요한 사실들을 사람들에게 전하기 위해서이며, 또 자신의 이름을 완전히 덮어 두어도 좋고, 자기 자신이 쓴 글에서는 어떠한 이득이나 칭찬을 일체 받지 않아도 좋다는 각오가 되어 있으면 꼭 써야 합니다. 만일 주요한 목적이 개인적인 욕심을 챙기는 데 있다면 쓰지 말아야 합니다. 그리고 어쨌든 자신이 지닌 동기에 조금이라도 의심스러운 점이 있다면 쓰는 것보다는 쓰지 않는 편이 좋습니다.

−1898년, 페스소노르에게 보내는 편지에서−

유한 계급을 위하여 오락으로 제공하는 예술은 매춘(賣春)같은 것이 아니라 바로 매춘 그 자체이다.

-1898년, 일기에서-

예술을 올바르게 정의하기 위해서는 우선 첫째로 예술을 쾌락의 수단으로 보지 말고, 인간의 생활 조건 가운데 하나로 보아야 한다. 예술을 이와 같이 본다면, 우리는 인간들의 교류 수단 가운데 하나가 예술임을 인정하지 않을 수 없다.

-1898년, 『예술이란 무엇인가』, 제4장에서-

예술은 형이상학자가 말하는 것처럼 뭔가 신비스런 이념이나 아름다움이나 신(神) 등으로 표현되는 것이 아니다. 또한 생리학적인 미학자가 말하는 것과 같이 축적된 에너지에서 남는 부분을 토해 내는 인간의 유희도 아니다. 그리고 밖으로 나타나는 부호에 의한 정서의 표현도 아니다.

게다가 어떤 쾌감을 주는 것의 생산도 아니다. 특히 예술은 쾌락이 아니다. 예술은 개인 및 인류의 생활과 행복의 추진을 위하여 절대 없어서는 안 될 인간 교류의 수단이다. 사람들을 같은 감정으로 결합시키는 수단이 바로 예술이다.

이전에는 인간을 타락시키는 대상들이 예술의 대상 속에 함께

들어있으면 곤란하다는 염려 때문에 예술이 전면적으로 금지되었다. 그런데 지금은 예술이 가져다 주는 쾌락을 잃어버리면 곤란하다는 염려 때문에 어떠한 예술이라도 보호되고 있다. 나는 후자의 잘못이 전자의 잘못보다는 훨씬 더 크고, 그 결과도 훨씬 해롭다고 생각한다.

-1898년, 『예술이란 무엇인가』, 제5장에서-

예술이 지닌 가치의 평가, 바꿔 말한다면 예술에 의해 전해지는 감정의 평가는 인생의 의의를 사람이 어떻게 이해하고 있느냐에 따라 결정된다. 즉 사람이 무엇을 인생의 선이라고 생각하고, 무엇을 악이라고 생각하느냐에 따라 결정됨을 뜻한다. 그리고 인생에 있어서 선과 악의 판정은 종교라고 불리는 것에 의해 행해진다.

-1898년, 『예술이란 무엇인가』, 제6장에서-

선(善)은 우리 생활에서 영원하면서도 가장 가치로운 목표이다. 선에 대한 우리들의 해석이 어떠하든지 간에 우리의 생활은 선에 대한 지량, 즉 신(神)으로의 지향인 것이다.

선은 사실 우리의식의 본질을 형이상학적으로 구성하는 기본 개념이며, 이성에 의해서 규정되지 않는 개념이다. 선은 어느 누구에 의해서도 규정될 수 없는 개념이면서도 다른 모든 것을 규정한다.

아름다움이라는 말에 얽매이지 않고 우리가 이해하는 바를 그대로 말한다면, 아름다움은 우리에게 쾌락을 주는 것일 뿐이다.

아름다움의 개념은 손과는 합치되지 않을뿐더러 오히려 선과 대립된다. 선은 주로 개인적인 기호를 극복하는 것이지만 아름다움은 우리들의 모든 개인적인 기호의 기초가 되기 때문이다.

참다움(眞)이란 사물의 걸 표현과 본질이 하나로 합쳐지는 걸 말한다. 그러므로 참다움은 선을 달성하기 위한 하나의 수단이다. 그러나 참다움(眞) 그 자체는 선도 아니고 아름다움도 아니며, 더구나 그것들과 일치하는 것도 아니다.

-1898년, 『예술이란 무엇인가』, 제7장에서-

옛날의 시(詩)도 라틴어로 쓰여졌고, 현대의 예술 작품도 산스크리트어로 쓰여진 것처럼 민중에게는 도저히 이해되지 않는 것 투성이이다.

현대 예술은 대다수의 노동자에게 있어서 퍽이나 많은 돈이 드는 그림의 떡과 같은 것이다. 게다가 내용면에서도 일하지 않으면 살아갈 수 없는 대중들의 생활 조건과는 동떨어진 사람들의 감정을 그려 내고 있다는 점에서 노동 대중들과는 인연이 없다. 유한계급의 인간들에게 쾌락인 것이 노동자에게는 쾌락으로 통용되지 않고 아무런 감정도 유발하지 않든가, 혹은 나태함으로 가득 찬 인간에게 일어나는 감정과는 전혀 상반되는 감정을 불러일으킨다.

  이를테면 명예심, 애국심, 연애 따위의 감정이 현대 예술에서는 주요한 내용을 이룰지라도 노동자들에게는 단지 의혹이나 경멸 아니면 분노의 감정 밖에는 불러일으키지 않는다.

  만일 예술을 애호한다는 이들이 즐겨 입에 올리는 것처럼 예술이 종교와 같이 모든 사람들에게 없어서는 안 될 정신적인 행복을 가져다 주는 것이라면, 예술은 모든 인간에게 이해되어야만 한다. 만일 예술이 모든 민중을 위한 예술이 되지 못한다면, 본디 그 예술 자체가 겉보기만큼 중요한 것이 아니든가, 예술이라고 부르고 있는 것이 중요하지 않든가 하는 어느 한쪽에 이유가 있다.

−1898년, 『예술이란 무엇인가』, 제8장에서−

  어떤 저작(著作)이 사상적인 저작으로서 통하는 것은 그것이 새로운 고찰과 사상을 권하고 있거나 이미 알려져 있는 것들이 되풀이되지 않는 경우에 한해서이다. 예술 작품도 거의 이와 같아서 그 작품에 비록 아주 조금일지라도 인간의 일상생활에 새로운 감정을 가져다 주는 경우에만 예술 작품이 된다.

  상류 계급의 예술 내용이 빈곤해지는 것은 예술이 종교적인 내용을 저버리고 또다시 민중적인 내용마저 저버렸기 때문이다. 이것이 점점 심해져서 예술이 전달할 수 있는 감정의 범위를 그 만큼 좁히고 말았다. 권력과 부(富)를 지닌 탓에 생활고를 모르는 인간들이 경험하는 감정의 범위란 노동자들이 지닌 고유한 감정의 폭

보다 훨씬 좁고, 가난하며, 보잘것없는 것이기 때문이다.

우리들은 현재를 살아가는 우리 계급(재산이 있는 지주 · 자본가 계급을 가리킨다.)에 속한 사람들이 체험하는 감정이 매우 중대한 것이며 다양하다고 생각하고 있다. 그러나 실제로 우리 계급에 속하는 인간들이 가진 거의 모든 감정은, 따져 보면 극히 하찮은 세 가지의 단순한 감정으로 귀착된다. 하나는 오만이며, 또 하나는 성욕이며, 또다른 하나는 삶의 권태이다. 이 세 가지 감정과 더불어 거기서부터 파생되는 감정이 유산 계급 예술의 거의 녹섬석인 내용을 이루고 있다.

−1898년, 『예술이란 무엇인가』, 제9장에서−

일찍이 셰니에, 뮛세, 라마르티느, 특히 위고를 낳았고, 근래에는 이른바 고답파 시인 집단 (19세기 후반의 프랑스 시단의 일파)의 루콩트 드 리르, 슈리 부류돔 등을 낳은 프랑스 인이 지극히 졸렬한 형식과 지극히 저급하며 또한 격이 낮고 품위가 없는 내용을 갖는 시를 쓸고 있는 이들 두 사람의 시인(보들레르와 베르네느를 가리킨다)을 어찌하여 또 그처럼 야단스럽게 대 시인이라는 둥 하면서 치켜세우고 있는 것일까?

그중 한 사람 보들레르의 세계관은 짙은 에고이즘을 이론으로 삼고 있으며, 구름처럼 애매모호한 아름다움, 그것도 반드시 인공적인 아름다움의 개념을 도덕성 대신에 갖다 붙이고 있다. 보들레

르는 화장기 없는 여자의 얼굴보다 요란스럽게 화장한 여자의 얼굴 쪽을 선호하고, 자연 그대로의 나무나 물보다 금속으로 만든 나무나 광석으로 만든 모조품을 더 좋아한다.

또 한 명의 시인인 베르네느의 세계관은 어리석고 게으른 무절제와 자기의 정신적인 무력감을 인정함과 동시에 이 무력감으로부터 도피하려는 야비하기 그지없는 가톨릭적 우상 숭배로 성립되어 있다. 더구나 이 두 사람은 소박함·성실함·단순함을 완전히 잃어버리고 있을 뿐 아니라 두 사람 모두 작위적인 부자연스러움·우쭐함·자만에 가득 차 있다.

그렇기 때문에 그중 가장 낫다는 그들의 작품을 읽어 보면 보다 확실히 인정되는 것은 그들이 묘사하고 있는 대상 그 자체보다도 오히려 보들레르나 베르네느의 인품 그 자체이다. 그리고 그렇게 졸렬한 솜씨를 지닌 두 시인이 훌륭히 하나의 파를 이루어 숱한 추종자를 거느리고 있다는 사실이다.

이러한 현상이 일어나는 원인은 하나밖에 없다. 그 시인들이 활동하고 있는 사회의 예술은 인생의 엄숙하고 중요한 사업이라기보다 단순한 놀이에 불과하다는 것이다. 어떤 놀이라도 줄곧 되풀이하면 질력이 난다. 질리기 시작한 놀이를 더 계속해 나가려면 어떻게 해서든지 그 놀이를 다시 색다르게 다듬어야 한다.

보스톤에 질리면 휘스트가 고안된다. 휘스트에 싫증이 나면 프레페란스(보스톤·휘스트와 같은 트럼프 놀이의 일종)가 고안된다. 프레페란스에 싫증나면 뒤이어 또 새로운 것이 궁리된다. 사물

의 본질은 변하지 않으면서 다만 겉 모습만 바뀌어 갈 뿐이다. 그들의 예술도 이런 이치와 같다.

예술의 내용은 점점 빈약해지고, 그들 배타적인 계급의 예술가들이 끝내 이제 할말은 샅샅이 다 해 버려서 못 다한 이야기가 없다고 느껴지는 데까지 간다. 그렇게 되면 그들은 이 예술을 새롭게 치장하기 위하여 새로운 형식을 찾아나서는 것이다.

보들레르와 베르네느는 새로운 형식을 생각해 냈고, 더구나 그 형식이란 게 오늘날까지 시노한 석이 없는 춘화적인 정밀함을 써서 자신들의 예술을 한층 새로운 것으로 만들었다. 그리하여 상류계급의 평론가들이나 독자까지도 그들을 대시인으로 인정하였다.

이것이 보들레르와 베르네느뿐 아니라 데카당스(19세기 말 프랑스 상징파 가운데 극단적으로 기교를 즐겼던 예술가의 일파) 일파 전체가 세상에서 인기를 끌었던 이유이다.

－1898년, 『예술이란 무엇인가』, 제10장에서－

우리는 아주 흔히 거짓된 예술 작품에 대해서 '이것은 매우 뛰어나긴 하나 매우 이해하기 힘든 작품이다' 라는 말을 듣는다. 이미 우리는 그런 말에 아주 친숙해져 버렸다. 이 작품은 뛰어나긴 하지만 이해하기 힘든 작품이라는 말은 마치 어떤 음식에 대하여 이것은 매우 맛있는 음식이지만 일반 사람들 입맛에는 맞지 않는 음식이라고 말하는 것과 같다. 이상스럽게 변한 입맛을 지닌 식도락가들이

아주 즐겨 먹으면서 귀하게 여기는 이상한 맛이 나는 치즈나 썩은 재가 물씬 풍기는 음식 따위를 일반 사람들이 좋아할 리가 없다.

그러나 빵이나 과일은 일반 사람들이 그것을 좋아할 때라야만 비로소 맛있는 음식이 되는 것이다. 예술도 이와 같다. 이상스럽게 꾸민 예술은 일반사람들이 알 수 없으나, 훌륭한 예술은 항상 누구나 알 수 있다.

−1898년, 『예술이란 무엇인가』, 제9장에서−

참다운 예술 작품을 만들기 위해서는 많은 조건이 필요하다 먼저 예술 작품을 만드는 사람은 그 시대에서 으뜸가는 수준의 세계관을 지니고 있지 않으면 안 된다. 다음으로 감정을 체험하고 그것을 전달하는 욕구와 가능성을 지니고 있어야 하며, 덧붙여 예술의 어떤 장르에 대한 재능을 지녀야만 한다. 그러나 참다운 예술 작품을 만들기 위하여 필요한 이들 조건이 전부 갖추어져 있는 경우는 매우 드물다.

−1898년, 『예술이란 무엇인가』, 제11장에서−

참된 예술과 거짓된 예술을 구별하는 표식으로 오직 하나 확실한 게 있다. 그것은 다름이 아니라 그 예술 자체에 감화력이 있는가 없는가 하는 것이다. 만일 어떤 사람이 자기 쪽에서는 전혀 입

장을 바꾸지도 않았고, 아무런 작용도 하지 않았는데 불구하고 다른 사람의 작품을 읽고, 듣고, 보면서 그 작품의 작가나 그 작품에서 풍겨나오는 미감을 음미하고 즐기는 사람들과 마음이 오고가는 상태를 경험했다고 하자.

그러한 상태를 불러일으키는 작품은 예술 작품이다. 아무리 시적이고 혹은 진품 같으면서 혹은 감명 깊고 또는 흥미 있는 작품이라 할지라도, 그것이 다른 모든 감정과는 완전히 다른 독자적인 환희의 감정을 불러일으키지 못한다면 소용이 없다. 어떤 작품이 다른 사람, 즉 작자 및 그 예술 작품을 향수하는 사람들인 청중이나 관객들과의 정신적 결합을 불러일으키지 않는다면, 그것은 예술 작품이 아니다.

－1898년, 『예술이란 무엇인가』, 제15장에서－

참된 예술 작품은 어머니가 태아를 품듯이 과거의 생활이 결실을 맺어 아주 드물게 예술가의 마음에 움튼다. 거짓된 예술은 사고자 하는 이만 있으면 쉬지 않고 직인(職人)들과 도제(徒弟)들에 의하여 만들어진다. 참된 예술은 애정이 깊은 남편을 가진 아내처럼 치장할 필요가 없다.

거짓된 예술은 매춘부처럼 늘 몸을 치장하고 있어야만 한다. 참된 예술이 태어나는 계기는 마치 사랑이 계기가 되어 임신을 하는 어머니와 같이 축적된 감정을 표현하려는 재적인 욕구가 발현될

때이다. 거짓된 예술의 계기는 매춘과 마찬가지로 개인적인 이익을 탐하는 마음이다. 참된 예술의 성과는 아내와 사랑을 나눈 성과로 새로운 생명이 탄생하듯이 일상생활에 맞아들여진 새로운 감정이다. 거짓된 예술의 성과는 인간의 타락이며, 지칠 줄 모르는 쾌락에 대한 욕구이며, 인간의 정신력이 느슨해지는 것뿐이다.

-1898년, 『예술이란 무엇인가』, 제18장에서-

현대에 있어서의 예술의 사명은, 인간의 행복이 인간들 사이의 결합에 있다고 하는 진리를 이성의 영역에서 감정의 영역으로 옮겨서 오늘날 지배적인 폭력 대신에 신의 나라, 즉 우리 모두에게 인류생활의 최고 목적이라고 여겨지는 사람의 나라를 세우는 일이다.

-1898년, 『예술이란 무엇인가』, 제20장에서-

예술 작품은 알아 보기 쉬우면 쉬울수록 훌륭한 것이다. 예술은 단순하고 간결하면 할수록, 따라서 감정을 똑똑히 전해 주는 것일수록 누구나 쉽게 알아 볼 수 있다. 논리적인 사상의 영역도 이와 같아서 어떤 사상이 단순하고 간결하고 명료하면 할수록 그 사상을 전하는 일은 가치 있는 일이 된다. 물론 예술도 이와 같이 단순하고 간결하며 명료한 것이 예술의 형식에 최고의 완성을 나타내

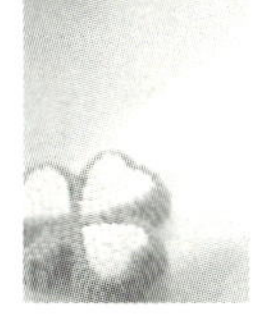

며, 그것은 커다란 재능과 커다란 노력으로 말미암아 비로소 달성
된다.

현대의 예술은 요리에 끼얹는 소스와 같다. 맛있다고 해서 아무
리 소스를 먹어 보았댔자 배는 부르지 않고 위만 상할 뿐이다.

자주 볼 수 있는 일로, 특히 현대의 작가들이 흔히 저지르는 잘
못은 애써 괴이함을 자랑하여 독자를 놀라게 하려는 경향입니다.
그것은 단순함을 배제합니다. 그런데 단순함은 아름다움을 이루
는 데 없어서는 안 될 조건입니다. 단순하면서도 기교가 없는 것이
서툴게 보일 수는 있으나, 단순하지 않고 기교가 있다고 해서 뛰어
난 것이 될 수는 없습니다.

'데카당스가 퇴보인가 진보인가' 라는 질문에 간단히 대답하겠
습니다. 물론 그것은 퇴보입니다. 예술의 퇴보는 문명 전체의 퇴보
를 나타내는 징후인 만큼 매우 슬퍼할 일입니다. 문명의 퇴보는 신

앙의 결여, 종교의 결여에서 일어납니다. 그리고 그것은 현재 우리가 살고 있는 상태, 그것입니다. 퇴폐주의가 어째서 문명의 명백한 퇴보인가, 그 이유는 예술의 목적이 동일한 감정에 의한 인간의 결합이라는 데 있습니다. 퇴폐주의에는 조건이 결여되어 있습니다. 퇴폐주의자들의 시나 예술은 그들과 같은 비정상적인 사람들이 모인 작은 범위의 패거리들에게만 인기가 있을 뿐입니다. 참다운 예술은 매우 넓은 범위의 사람들을 사로잡습니다. 인간의 영혼에 담긴 본질을 끌어당깁니다. 정말로 뛰어난 참된 예술은 언제나 그러했습니다.

−1908년, 로스쿠토프에게 보내는 편지에서−

예술이 모든 민중들의 예술이 되는 걸 저버리고 소수인 유한 계급의 예술이 되어 버리자 정말 필요하고 중요한 사교였던 예술이 시시한 오락이 되었다.

−1910년, 노트에서−

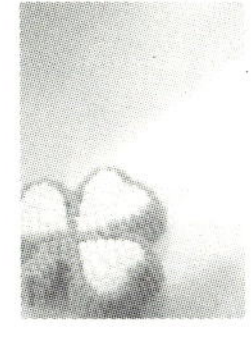

　예술적이면서 시적인 작품, 특히 희곡은 무엇보다도 먼저 독자에게나 관객에게나 등장 인물이 몸으로 느끼고 경험하고 있는 것을 자신들도 지금 온몸으로 느끼며 경험하고 있다는 착각을 불러일으켜야 한다. 그렇게 만들기 위해서 극작가는 자신의 작품에 등장하는 인물들에게 시킬 일과 시킬 말, 그리고 시켜서는 안 될 일과 말을 잘 알아 두어 독자나 관객이 착각에서 깨어나지 않도록 주의해야 한다.

-1903년, 『셰익스피어와 희곡에 대하어』, 제5징에서-

　인류의 생활은 인간을 서로 굳게 결합시키는 유일한 토대가 되는 종교적인 의식을 해명함으로써 비로소 완성된다. 인간의 종교적인 의식을 해명하는 일은 인간의 모든 정신 활동의 영역에서 이루어진다. 이러한 활동에서 하나의 영역을 차지하는 게 예술이다. 그리고 가장 영향력이 강한 예술의 일부분은 연극일 것이다.

-1903년, 『셰익스피어와 희곡에 대하여』, 제8장에서-

　　어떠한 사상가라도 그가 사는 시대에서 의식할 수 있는 사실 밖에는 표현하지 않는다. 이 같은 의식의 의미로 보면 젊은 세대를 교육한다는 것은 전혀 필요없는 일이다. 그러한 의식은 이미 현존의 세대에 갖추어져 있기 때문이다.

　　생각해 보면, 학교는 교육 기관인 동시에 또한 끊임없이 새로운 결론을 수립해 가는 젊은 세대들에 대한 실험의 장(場)이어야 한다. 실험이 학교의 기초가 되었을 때, 말하자면 어느 학교나 다 교육 실험실이 되었을 때서야 비로소 학교는 일반적인 진보로부터 뒤떨어지지 않게 될 것이고 또 실험은 교육학 때문에 확실한 기초를 세울 수 있을 것이다.

—1862년, 『국민교육에 대하여』에서—

　　훈육(訓育)이란, 훌륭하다고 여길 만한 인간을 만들기 위하여 한 인간이 다른 인간에게 가하는 강제적이고 폭력적인 작용이다. 교육이란, 지식을 얻으려는 한쪽 편 인간의 욕구와 획득한 지식을 전달하려는 다른 쪽 인간의 욕구를 기초로 하는 자유로운 인간관계이다. 교수(unterricht)는 교육 및 훈육의 수단이다. 훈육과 교육의 차이점은 훈육에는 당연히 포함되어 있는 강제성의 유무(有無)에 있다. 훈육은 강제적인 교육이다. 그러나 교육은 자유로워야 한다.

　　훈육이란 한쪽 인간이 다른 쪽 인간을 자기와 똑같은 인간으로 만드려는 지향(志向)이다. 그것은 부자로 부(富)를 빼앗으려는 가

난쟁이의 지향이나 활기에 넘치고 싱싱한 젊은이를 보았을 때의 노인이 느끼는 선망감이 유사하다. 말하자면 그러한 지향이나 선망감을 밑바닥에 깔고 있는 게 훈육이다. 확신을 갖고 말하자면 훈육자가 그렇게 열심히 어린이의 훈육에 임할 수 있는 것은, 그가 지향하는 바의 밑바닥에는 어린이의 순결성에 대한 선망과 어린이를 자기와 같이 보다 때묻은 인간으로 만들고 싶다는 욕망이 도사리고 있기 때문이다.

인간을 일부러 일정한 틀에 끼어 맞추려는 훈육은 유익하지도 합법적이지도 않고, 허용될 수 있는 일도 아니다.

−1862년, 『훈육과 교육』에서−

훈육할 권리는 존재하지 않는다. 나는 그러한 권리를 인정하지 않는다. 훈육되는 젊은 세대도 그것을 인정하지 않는다. 지금까지도 인정하지 않았고, 앞으로도 인정하지 않을 것이다. 항상 그들은 어디에서나 훈육의 강제성에 대해서 반항을 계속 한다.

대학에는 교수들이 입에 올리는 일이 없는 교리가 있다. 교수는 로마 교황처럼 절대로 잘못을 저지르는 일이 없다는 교리이다. 그뿐만 아니라 교수가 학생들에게 하는 교육은 이교도의 승려들 사이에서나 있는 일처럼 몰래 은밀히 이루어지며, 학생들에게는 절대적 존경이 요구된다. 교수는 일단 임명되면 곧바로 강의를 시작한다. 그리로 교수가 천성적으로 바보이든, 또 그 직무 수행중에

더 한층 어리석어지든, 또한 학문에 완전히 흥미를 잃게 되든, 또는 경멸당해 마땅한 성격을 지닌 인간이든, 그런 것과 상관없이 그는 살아 있는 한 강의를 계속한다. 그리고 학생들은 자기들의 만족이나 불만족을 표시할 수 있는 수단을 전혀 갖지 않는다.

−1862년, 『훈육과 교육』에서−

교육이란 평등에 대한 욕구와 교육은 향상된다는 불변의 법칙을 그 밑바탕에 깔고 있는 인간 활동이다.

−1862년, 『진보와 교육의 정의』에서−

학교는 가정만이 담당해야 할 훈육에 끼어들어서는 안 된다. 학교는 상을 주거나 벌을 주어서도 안 되며, 또한 그러한 일들을 할 권리도 없다. 최선의 학교 관리란 학생들에게 학습에 대한 완전한 자유와 자치를 부여하는 일이다. 나는 그렇게 확신하고 있다.

−1862년, 『야스나야 폴랴나 학교 보고』에서−

교사가 일에 대한 애정을 갖고 있다면, 그는 좋은 교사가 될 것이다. 교사가 부모와 같은 사랑으로 학생을 대한다면, 온갖 책을 읽었지만 일이나 학생에 대해 전혀 사랑을 갖고 있지 않은 교사보

다 훨씬 훌륭한 교사가 될 것이다. 교사가 일에 대한 애정과 함께 학생에 대한 사랑을 아울러 갖추고 있다면 그는 완전한 교사이다.

-1872년, 『교사에 대한 일반적 의견』에서-

　교사와 학생 사이의 최선의 관계는 자연스런 관계이다. 이 자연스런 관계에 대립되는 것이 강제적인 관계이다. 여기에 이의를 제기하는 사람은 없다. 그렇다고 한다면, 모든 교수법의 척도는 수업할 때에 자연스런 관계가 더 큰가 작은가 하는 것, 바꿔 말해 강제적인 관계의 비중이 더 작은가 큰가 하는 데 있다 하겠다. 아동이 공부하는 데 있어 강제를 받는 정도가 작으면 작을수록 그 교수법은 뛰어난 것이고, 강제를 받는 정도가 크면 클수록 그 교수법은 뒤떨어진 것이다.

-1874년, 『국민교육재론』에서-

　교육, 그것은 한 사람을 다른 사람과 구별하는 형식과 지식이다.

-1886년, 『그러면 우리는 무엇을 할 것인가』, 제14장에서-

　교육에 있어서 가장 중요한 것은 무의식적인 감화입니다. 어린이들에게 훌륭한 정신적 감화를 끼치려면 새삼스럽게 다시 말하

는 것도 우습지만 교육자의 모든 생활이 훌륭하지 않으면 안 됩니다. 그러면 훌륭한 생활이란 어떠한 것을 말할까요? 한 마디로 훌륭한 생활이라고 말하기는 합니다만 거기에는 끝없는 단계가 있습니다. 그러나 어느 단계에서도 적용되는 공통된 하나의 주요한 특징이 있습니다. 그것은 모든 사람에게 오로지 완전한 사랑을 쏟으려는 진지한 노력입니다. 교육자가 그러한 마음가짐을 갖고, 어린이들이 거기에 감화받을 때, 비로소 훌륭한 교육이 이루어지는 것입니다.

-1901년, 자유로운 학교에 대하여 피류코프에게 보낸 편지에서-

톨스토이

  1828년 모스크바 남쪽 야스나야 폴랴나에서 명문 귀족 집안의 넷째 아들로 태어나 차례로 어머니와 아버지를 여의고 숙모 손에서 자라났다. 1844년 카자니 대학 철학부 동양어학과에 입학 후 1847년 일신상의 이유로 학교를 중퇴하고 낙향했다. 현대지에 『유년시절』, 『소년시절』 등을 발표하여 문단에서 주목받기 시작했으며, 1859년 활동하던 〈현대인지〉동인에서 탈퇴하였다. 『세바스토폴리 3부』를 발표하고 문단에서 더욱 이름을 날리기 시작했으나 사회의 불합리를 통감하고, 그 개량에 뜻을 두고 교육사업과 계몽사업에 열중했다. 1862년 결혼했으며, 『전쟁과 평화』와 『안나 카레니나』를 집필한 시기에는 죽음에 대한 공포와 삶에 대한 무상함을 절감하고 종교에 의지했다. 이러한 비관 속에서 그를 견디게 한 근원적인 힘은 문학에 대한 열정과 농민 계몽사업, 교육활동, 지역 치안판사 생활, 가정생활에서 비롯되었다. 이후 정신적인 위기가 닥쳐와 모든 명예와 권위와 가정마저 저버린 채 방랑하던 중 끝내 어느 조그만 시골 간이역사에서 조용히 눈을 감았다. 그는 일찍이 봉건주의 폐습인 토지세를 과감히 타파, 자신의 계급성을 극복하고자 노력하였으며, 민중적인 토지개혁을 몸소 실천하고자 노력하였다. 그에 대한 평가는 여러 면에서 이루어지고 있으나, 그가 후세에 길이 남을 불후의 명작들을 남긴 위대한 작가이며 사상가라는 사실은 불변의 진리이다. 그의 대표적인 작품으로는 『전쟁과 평화』, 『안나 카레니나』, 『참회록』, 『인생론』, 『예술론』, 『부활』 등이 있다.

톨스토이에게는 예술가 톨스토이로서의 면모와 사상가 톨스토이로서의 면모가 있다.

1961년의 농노(農奴) 해방에서 1905년의 제1차 부르주아 민주주의 혁명에 이르는 러시아의 전환기에 창조된 톨스토이의 예술은, 체르유셰프스키의 말을 빌리면, '심리 생활의 비밀스런 작용에 대한 깊은 지식', '영혼의 변증법적 발전 과정'을 묘사하는 능력, '도덕적 감각에 대해 본능적이라고 할만큼 철저한 결벽'으로 돋보인다. 톨스토이의 예술은 러시아 문학뿐만 아니라 세계의 문학 발전에 크게 기여했으며 오늘날에도 그 기여도가 지대하다.

특히 그의 문학은 러시아와 세계 문학의 리얼리즘을 새로운 단계에 올려 놓았다. 그는 19세기 고전주의 소설과 20세기 사실주의 문학을 연결하는 다리를 놓는 역할을 하였다.

톨스토이 리얼리즘의 특징은 거침없는 솔직성·직설성과 이러한 것들이 지닌 파괴적인 힘이 낳은 결과인 사회적 모순의 날카로운 해부 및 폭로에 있다. 이 결과가 직접적인 정서로 전파가 되고 톨스토이의 작품 속에서 유연하면서도 날카로운 사상, 깊이가 있으면서도 극히 날카로운 심리적 분석들과 결합된다. 건전하면서도 다혈질적인 톨스토이의 사실주의는 인간의 삶을 이해시키는 여러 가지 요소들을 분석하고 종합하여 한데 묶으려 애쓰며, 평화에 대한 완전한 의의를 부여하고 법률의 자각으로 우리를 이끈다. 톨스토이는 이미 정해진 의견이나 선입견을 믿지 않으며 모든 사물을 나름대로 새로운 시각으로 보려고 애썼다. 그의 리얼리즘이

지닌 또다른 특징은 역사적·문학 장르적 배경과 러시아의 풍속을 아주 잘 풀어지는 물감으로 그린 그림처럼 '자유로운 언어'로 생생하게 묘사했다는 점이다. 러시아 민족을 발전시키며 서로 결합하도록 이끈 전통이란 요소와 밀접하게 연결된 그의 리얼리즘은 동시에 전 인류적인 내용을 담고 있다. 이는 젊은 소비에트 작가들에 의해 계승되어 발전되었고, 이러한 전통은 지금껏 가장 중요하고 계속 실려 나갈 고전적인 유산으로 남아 있다.

또한 톨스토이는 사상가로서도 전 세계에 커다란 영향을 끼쳐 왔다. 톨스토이주의 혹은 톨스토이즘은 한 마디로 말해 '도덕적 자기완성'과 '악에 대하여 폭력으로 갚지 말 것'을 토대로 하는 가르침이다. 그리고 오늘날까지 톨스토이즘에 대한 비판은 수없이 시도되었으나 현재도 그 의의를 상실하지 않고 있음은 1908년에 쓰여진 레닌의 『러시아 혁명의 거울로서의 톨스토이』를 보면 알 수 있다.

레닌은 다음과 같이 말하고 있다. "톨스토이의 작품·견해·교의 및 그 일화에서 나타난 모순은 참으로 두드러진다. 톨스토이의 예술은 러시아인의 생활을 유례없는 필치로 그리고 있을 뿐 아니라 세계 문학사에도 최고의 작품을 제공한 천재적 예술이다. 그러나 그 반면에 그는 그리스도를 광신하는 지주이다. 사회적 허위와 위선에 대하여 유난히 강력하고 진지하며 직접적인 항의를 서슴지 않는 그 이면에는 '톨스토이주의자'가 서 있다. 즉 대중 앞에서는 자기 가슴을 치면서 '나는 더러운 인간입니다. 나는 추악한 인

간입니다. 그러나 나는 도덕적 완성에 힘쓰고 있습니다. 나는 이제 고기는 안 먹습니다. 지금은 쌀가루 고로케밖엔 먹지 않습니다.' 라고 연설이나 하는 러시아 인텔리적 생활에 지쳐 히스테리에 휩싸인 겁쟁이일 뿐이다. 자본주의의 착취를 가차없이 비판하고 정부의 폭력이나 재판·국가 통치의 희극을 폭로하고, 부의 증대와 문명의 달성과 노동자 대중의 빈곤·야만·고뇌가 늘어나는 사이에서 그 모순의 심각성을 폭로하면서도 반면으로는 '악에 대하여 폭력으로 갚아서는 안 된다' 고 푸념 같은 설교를 하고 있다. 지극히 엄격한 리얼리즘을 통해 온갖 가면을 벗겨 보이면서도 그 반면으로는 이 세상에서 가장 추악한 것의 하나인 종교를 선전하고, 관료적인 사제 대신에 도덕적인 신념에 바탕하는 사제를 등장시키려 하는 것이다. 즉 가장 세련되고, 따라서 더욱 처치 곤란한 사제를 양성하려 하는 것이다."

"그러나 톨스토이의 견해와 교의의 모순은 우연이 아니다. 그것은 1861년 농노해방 이후, 러시아인의 생활이 놓여 있던 모순에 찬 상황의 반영이다."

"톨스토이의 견해가 지닌 모순은 현대의 노동 운동 및 사회주의 입장에서 평가해서는 안 되며, 물론 그러한 평가도 필요하긴 하지만 그것만으로는 불충분하다. 덮쳐 오는 자본주의, 대중의 빈곤화, 토지 징수에 대하여 절박한 항의의 소리를 질러야 했던 순박한 가부장제적 러시아 농민의 입장에 서서 평가해야 한다."

"톨스토이는 러시아에 있어서의 부르주아 혁명의 도태 시기에

즈음하여 몇백만에 이르는 러시아 농민 사이에 자라나고 있던 상상과 분위기의 표현자로서 위대하다."

　"관료적인 교회의 지주와 지주의 정부를 뿌리째 없애 버려 토지 소유의 낡은 형태와 질서를 근절하고 토지를 해방하고 경찰적 계급 국가 대신에 자유롭고 동등한 권리를 갖는 소농민의 공동체 생활을 건설하려던 열망이야말로 우리나라의 혁명에 있어서 농민의 역사적인 한 걸음 한 걸음을 붉은 실처럼 관통하고 있다. 그리고 의심할 여지가 없는 일이지만 톨스토이 저작의 사상적 내용은 그의 견해가 지닌 '체계'가 때로는 추상적인 '그리스도교적 무정부주의'라고 평가되고 있지만 그것보다 훨씬 많이 농민들의 열망과 합치되어 있다."

　"자신의 작품들 속에서 그토록 위대한 질문들을 해대고 그렇게 높은 수준의 예술적 역량에 이를 수 있었던 것은 그가 톨스토이였기 때문에 가능했다. 그의 작품들은 세계 문학과 예술에서 이미 제1위의 자리를 차지했다."

　톨스토이에 대한 혁명가 레닌의 이와 같은 견해는 톨스토이가 지닌 본질에 공감을 가지고 평한 것이라고 할 수 있다.

　사족을 붙이자면, 요컨대 톨스토이는 진정한 그리스도의 정신으로 돌아가라고 타일렀다.

　"누구나 자기 자신을 사랑하기보다 다른 사람만을 사랑한다면 이 땅 위에 하느님의 나라를 세울 수 있다." 톨스토이는 인류가 구원을 받는 길은 이 길밖에 없다고 타이른 것이다. 이것은 순수한

종교이다. 여기서부터 톨스토이는 모든 폭력 · 국가 · 권력기구 · 교회 · 사유재산제에 대한 부정으로 점점 옮겨 갔다. 그리고 그 궁극점에 도달한 톨스토이의 입장은, 레닌의 지적에 따른 그리스도교적 무정부주의라는 개인적인 추상적이고 관념적인 입장이기보다는 오히려 1861년의 농노해방 후, 지주의 압제에서 완전히 벗어나지 못한 채로 자본주의 압제의 포로가 되어 버린 '소박한 가부장제적 러시아 농민' 의 입장이었다. 즉, 전제 국가와 자본주의 체제에 대한 톨스토이의 통렬한 비판은 수많은 '순박한 러시아 농민' 의 생각과 느낌에 일치하는 것이다. 그러나 톨스토이는 소박한 농민의 눈으로 사회를 보고 있었기 때문에 대중을 궁핍하게 만드는 참된 원인인 자본주의의 본질을 꿰뚫지 못하였다. 여기에서 그의 세계관의 근본적인 모순이 생기는 것이다. 그리고 여기에 톨스토이의 비극이 있다.

그러나 우리는 톨스토이가 사상적으로 힘겹게 싸워낸 자취를 더듬어 갈 때, 눈물겨운 감동을 느끼지 않을 수 없다. 82세의 교령으로 가출할 수밖에 없었던 톨스토이의 순수함에 숙연함을 금치 못한다. 톨스토이 사상의 궁극점인 철저한 페시미즘엔 숙연해지는 것이다. 그것은 또한 톨스토이가 살았던 시대와 본질적으로는 큰 차이가 없는 현대에 살고 있는 우리가 톨스토이의 사상에 떠밀려 갈 가능성을 너무나도 많이 갖고 있기 때문이다.

앞서 톨스토이에게는 예술가와 사상가의 두 가지 면모가 있다고 썼는데, 이것은 두 가지 면이 각기 독립된 모습으로 존재한다는

뜻이 아니다. 이 두 면모는 동전의 앞 뒤면과 같다. 양자는 서로 연결되어 있다. 예술가 톨스토이를 알기 위해서는 사상가 톨스토이를 알아야 하고, 사상가 톨스토이를 알려면 예술가 톨스토이를 알아야 한다.

1828년 : 8월28일(양력9월9일), 모스크바에서 남쪽으로 2백킬로미터 떨어진 툴라 근처의 '야스나야 폴랴나'의 부유한 명문 귀족 집안에서 아버지 니콜라이일이치 톨스토이 백작과 어머니 마리아 니콜라 예브나 사이에서 넷째 아들로 태어났다.

1830년 : 3월7일, 어머니 마리아 니콜라 예브나가 여동생을 낳다가 세상을 떠나다.

1837년 : 톨스토이 일가 모스크바로 이사하다. 그해 6월, 아버지 니콜라이가 갑자기 뇌일혈로 쓰러져 세상을 떠나다. 고아가 된 5남매를 타치야나 알렉산드로브나 예르골리스카야 아주머니가 맡아 기르다.

1841년 : 11월, 알렉산드로브나 아주머니마저 세상을 떠나자, 세 형과 누이동생과 함께 카자나에 살고 있는 펠라게야 유시코바 숙모 집으로 이사하여 그곳에서 살다.

1844년 : 8월, 카자니 대학 철학부 동양어학과에 입학하여 아랍어와 터키어를 전공한다.

1845년 : 동양어학과에서 법학과로 옮기다. 이때를 전후하여 루소의 저서들을 탐독하다.

1847년 : 4월 17일부터 일기를 쓰기 시작하다. 4월12일, 카자니 대학교를 중퇴하다. 고향을 내려가 농사에 종사하며 농민들의 생활을 개선하려고 힘썼으나 실패하다.

1849년 : 페테르부르크 대학에서 학사 검정 고시를 치러 민법 및 형법이 통과되어 법학사 칭호를 받다.

1851년 : 4월, 맏형의 권유를 받고 형의 군복무지인 카프카즈로 떠나다. 5월, 스타로 글라드코프스크의 카자크촌에 도착하다. 육군 사관 후보생 시험에 합격하여 제10여단 제4포병 중대로 배속되다. 1851년의 일기에 '어제의 역사'라는 문학적 구상을 가진 이야기를 쓰다. 톨스토이는 1847년부터 죽을 때까지 일기를 썼고, 처녀

작이 일기 속에서 발표된 셈이며, 그의 문학 수업도 일기 쓰는 습관 속에서 자발적인 형태로 이루어진 셈이다. 이곳 생활중에 쓴 『유년시절』은 공식적으로 출판된 『소년시절』, 『청년시절』과 더불어 방대한 구성을 갖춘 자전적 장편소설이다. 이 소설은 '발전의 네 시기'를 이루고 있지만 소설의 마지막 부분인 『젊은 시절』은 끝내 완성되지 못하다.

1840년대 이른바 '자연의 학교' 시절의 사실주의적 원칙들이 이들 초기 작품들 속에서 묘사의 구체성·정확성·자세함 등으로 나타난 듯하다.

이 시기 톨스토이는 인간의 의식을 지배하는 양심의 법을 이해하고자 스스로를 '인성의 탐구자'라고 선언한다. 『유년시절』 속의 니콜렌카 이르첸니예프는 자신과 타인의 진솔하지 못한 감정과 허위의 모든 이면을 철저하게 파고든다.

1852년 : 3월, 단편 『습격』을 기고하다. 7월, 장편 『유년시절』을 탈고하다. 9월, 『유년시절』을 페테르부르크의 〈현대인〉지 9월호에 발표하다. 발표 후 네프라소프로부터 격찬을 받은 이 작품으로 톨스토이는 러시아 문학사에 등장하게 되다. 중편 『지주의 아침』을 기고하다. 12월, 단편 『습격』을 탈고하다. 이어 중편 『카자크 사람들』을 기고하다.

1853년 : 3월, 〈현대인〉지에 『습격』을 발표하다. 4월, 단편 『크리스마스날 밤』 집필 착수하다. 6월, 단편 『숲을치다』를 기고하다. 9월, 『당구 기록원의 수기』를 쓰다. 10월, 크림 전쟁이 발발하다.

1854년 : 1월, 장교로 승진하다. 11월, 세바스토폴리에 도착하다. 군사잡지 〈병사소식〉 발행을 계획하다. 『소년시절』을 상재(진중집필)하다.

1955년 : 1월, 〈현대인〉지에 『당구 기록원의 수기』를 발표하다. 3월, 장편 『청년시절』을 기고하다. 6월, 『1854년 12월 세바스토폴리』를 8

월에는 『1855년 5월의 세바스토폴리』를 〈현대인〉지에 발표하다.
11월, 싸움터에서 페테르부르크로 돌아오다. 투르게네프 · 네크
라소프 · 곤차로프 · 페트 등 〈현대인〉지 동인들과 친교를 맺다.

1856년 : 1월, 『1855년 8월의 세바스토폴리』를 〈현대인〉지에 발표하다.
톨스토이는 '세바스토폴리' 연작물들에서 반전의 입장을 뚜렷
하게 표명하고 있으며, 농민 출신의 러시아 병사들의 영웅적 행
동을 칭송하였다. 3월, 러시아 · 터키 전쟁 화평 체결된다. 11월,
제대하다. 『눈보라』, 『두 경기병』, 『지주의 아침』, 『모스크바의
한 친지와 진중에서 만남』 등을 발표하다. 『지주의 아침』이란 작
품에는 지주와 농민 사이에 내재되어 있는 모순의 심각성이 그
려져 있다. 『청년시절』을 집필하다.

1857년 : 1월, 서유럽 문명을 시찰하기 위해 프랑스 · 스위스 · 독일 등을
여행하다. 실망하고 7월에 귀국하여 8월에 야스나야 폴랴나에
돌아와 농사에 힘쓰다. 단편 『D. 네프류도프 공작의 일기〈루체
른〉』을 쓰다. 이 작품에서 톨스토이는 부르조아 문화를 비판하고
그 진보적 역할을 부정하다. 『알베르트』, 『르트에르』, 『청년시
절』을 발표하다.

1858년 : 모스크바에서 피아니스트 에르모르체 주재의 음악회 설립에
열중하다.

1859년 : 〈현대인〉이 철저하게 혁명적 민주주의를 따르는 기관지가 되어
버리자, 톨스토이는 투르게네프와 그리고로비치 등과 함께 동인
에서 탈퇴하다. 톨스토이는 일시적으로 창작 활동을 중단하고
고향에서 교육 활동에 전념하다. 농민들의 자녀를 직접 야학식
교육으로 가르치다. 단편 『세 죽음』, 『결혼의 행복』을 발표하다.

1860년 : 3월, 교육 분야의 첫 활동으로 '국민 보통교육 초안'을 기초하
다. 7월, 독일 · 이탈리아 · 프랑스 · 영국 · 벨기에 등지로 두 번
째 유럽 여행을 떠나다. 9월, 맏형인 니콜라이가 세상을 떠나다.

『국민교육론』을 기초하다.

1861년 : 1~2월, 파리에서 투프게네프를 만나다. 런던에서 게프센과 사귀다. 3~5월, 단편 『폴리쿠시카』를 쓰다. 5월, 야스나야 폴랴나로 돌아오다. 크라피벤스키 군(郡) 제4구 농사중재 재판소원으로 임명되다. 야스나야 폴랴나에 농민 학교를 세우다. 교육잡지 〈야스나야 폴랴나〉를 발행하다. 농사중재 재판소원으로 농노해방 실시에 참여하여 지주와 농민간의 분쟁을 해결하려고 노력하였으나 농민측의 이익을 옹호하는 톨스토이의 입장은 지주들에게 미움의 대상이 되다. 러시아 정부는 톨스토이의 사회적인 활동 및 교육 활동에 의심을 품고 야스나야 폴랴나의 가택을 수색하다.

1862년 : 『국민교육론』, 『훈육과 교육』, 『읽기와 쓰기를 어떻게 가르칠 것인가』 등 여러 논문을 발표하다. 톨스토이는 강제적인 훈육(訓育)을 반대하고 자유스런 교육을 주장하다. 5월, 농사중재 재판소원직을 사임하고 사마라 현으로 사다. 8월, 야스나야 폴랴나로 돌아오다. 9월, 모스크바 궁내청의 시의(侍醫)인 베르스의 둘째 딸, 당시 18세인 소피아 안드레예브나와 결혼하다.

1863년 : 6월, 맏아들 세르게이가 태어나다. 『진보와 교육의 정의』, 『카자크 사람들』, 『폴리쿠시카』를 발표하다. 상관 폭행죄로 군사 법정에서 사형 선고를 받은 샤프닝을 변호하다.

1864년 : 9월, 『전쟁과 평화』를 기고하다. 『첫 톨스토이 저작집』제1,2권이 나오다. 『전쟁과 평화』는 1812년 나폴레옹군의 모스크바 침공을 배경으로 한 장대한 서사적 작품으로 등장 인물만 5백여 명에 이르고, 국민들의 이익에 등을 돌린 귀족 계급을 비판한 19세기 리얼리즘 문학의 최고 정점에 이른 작품이다. 첫째 딸 다챠야나가 태어나다.

1865년 : 『전쟁과 평화』(당시의 제목 1905년)의 첫 부분(1~26장)을 〈러시아통보〉지에 발표하다. 이해 11월 1일 이후 13년 동안 일기

쓰기를 중단하다.

1866년 : 『전쟁과 평화』 제2권을 발표하다. 5월, 둘째 아들 이리야가 태어나다.

1867년 : 『전쟁과 평화』가 처음으로 단행본이 되어 나오다.

1868년 : 3월, 『전쟁과 평화에 대하여』를 〈러시아 기록〉지 제3호에 발표하다.

1869년 : 5월, 셋째 아들 레프가 태어나다. 『전쟁과 평화』가 완결되어 발표하다.

1870년 : 그리스어 연구, 그리스 고전을 탐독하다.

1872년 : 6월, 넷째 아들 피요르트가 태어나다. 〈초등교과서〉를 발행하다. 『카프카즈의 포로』, 『신은 진실을 알지만 끝까지 기다리신다』, 『표트르 1세』를 발표하다.

1873년 : 3월, 최대의 걸작이라 할 수 있는 『안나 카레니나』 집필에 착수하다. 『안나 카레니나』는 러시아의 국가 조직과 특권 계급의 냉혹하고 위선적인 도덕에 희생을 당한 한 여성의 운명을 통해 농노 해방 이후 러시아 사회가 앉고 있는 모순을 폭로한 작품으로, 방대한 양과 더불어 『전쟁과 평화』에 버금가는 명작이다. 한때 중단했던 교육 활동을 다시 시작하다. 사마라 지방의 난민 구제 사업에 참여하다. 11월, 넷째 아들 피요르트가 죽다. 톨스토이 저작집(1~8권)이 나오다. 12월, 아카데미 회원으로 뽑히다.

1874년 : 4월, 다섯째 아들 니콜라이가 태어나다. 『국민교육재론』을 발표하다.

1875년 : 2월, 다섯째 아들 니콜라이가 죽다. 딸 우르울라 출생하자마자 세상을 등지다. 『안나 카레니나』를 〈러시아통보〉지에 발표하기 시작하다. 『초등교과서』를 1~4권까지 발행하다.

1876년 : 이른바 '내적위기', 즉 정신적인 전환이 시작된 시기이다. 차이코프스키와 친교를 맺다.

1877년 : 9월, 『안나 카레니나』 제8편이 단행본으로 출간되다.

1878년 : 5월, 다시 일기를 쓰기 시작하라. 『안나 카레니나』 제2판이 세상에 나오다. 『최초의 기억』을 발행하다. 『참회록(나의고백)』 기고하다.

1879년 : 『참회록(나의고백)』의 첫 부분이 발표되어 러시아에 보급되었으나 발표를 금지당하다. 『전쟁과 평화』 프랑스어 판으로 나오다. 1870년대 후반기부터 톨스토이의 세계관에 일대 '전환'이 일어나다. 죽음에 대한 공포와 삶의 대한 무상함으로 심한 정신적 동요를 일으켜 종교에 의탁하다.

1880년 : 5월, 『교의신학비판』을 집필하다.

1881년 : 『사람은 무엇으로 사는가』, 『4복음서의 합일과 번역』, 『요한복음서』를 발표하다. 이때부터 겨울에는 모스크바에서, 여름에는 야스나야 폴랴나에 거주하다.

1882년 : 『참회록(나의고백)』을 완성하여 5월에 〈러시아사상〉지에 발표하다. 이로 인해 〈러시아사상〉지는 판매금지되다. 1월, 모스크바 시 주민 조사에 참가하여 빈곤 지역을 골라 조사를 담당하다. 경찰이 톨스토이를 은밀히 감시하기 시작하다. 『모스크바 민세조사에 대하여』, 『악을 악으로 갚지 말라』, 『교회와 국가』 등을 발표하다.

1883년 : 『내 신앙의 귀결』을 발표했으나 발행 금지당하다.

1884년 : 6월, 첫 가출을 시도했다가 만삭인 부인 때문에 돌아오다. 6월 18일, 막내 딸인 사쉬아가 태어나다. 『미치광이의 일기』를 쓰다.

1885년 : 2월, 헨리 조지의 『토지 국유론』을 읽다. '중재인'에서 처음으로 그의 저작이 출간되다. 10월 사유재산을 부정한 톨스토이가 모든 저작권을 아내 소피아에게 넘기다. 부인 소피아는 『톨스토이 저작집』 12권을 간행하다. 『그러면 우리들은 무엇을 할 것인가』를 발표하기 시작하다. 민화 『형제와 금화』, 『사랑이 있는 곳에

신이 있다』, 『양초』, 『바보이반』, 『두 사람』을 쓰다.

1886년 : 2월, 『그러면 우리들은 무엇을 할 것인가』를 완결하다. 10월, 탈고한 희곡 『어둠의 힘』을 발행하였으나 연극 상연이 금지되다. 『이반 일리치의 죽음』을 발표하다. 『여성론에 대한 반박』, 『국민독본과 과학서에 대하여』, 『달걀 크기의 씨앗』, 『사람에게는 땅이 얼마나 필요한가』, 『세 은자』, 『대지』, 『뉘우친 죄인』 등을 상재하다. 『인생론』 집필 시작하다.

1887년 : 1월, 『일력』을 내다. 1~2월에 중편 『빛이 있는 동안 빛 속을 걸어라』를 쓰다. 1월, 『어둠의 힘』 저작권을 포기하다. 『인생론』을 발간했으나 발행 금지 당하다. 중편 『크로이첼 소나타』 집필 시작하다. 『최초의 양조자』, 『에멜리안과 북』, 『세 아들』 등을 발표하다.

1888년 : 2월, 『어둠의 힘』이 파리의 자유극장에 상연되다. 국민학교 교사가 되기 위해서 원서 접수했으나 당구에 의해 거부당하다. 3월, 막내 아들 바치니카가 태어나다.

1889년 : 『부활』을 『코니의 이야기』로 기고하다. 논문 『1월 12일의 기념제』를 쓰다. 11월, 『악마』를 쓰다. 12월, 『크로첼 소나타』를 탈고하다. 『각성할 때』, 『신의 섬길 것인가, 환금을 섬길 것인가』, 『손의 노동과 지적 노동』 등을 쓰다.

1890년 : 1~2월, 『어째서 사람은 제 스스로를 마비시키는가』를 쓰다. 풍자 희곡 『문명의 열매』를 완성하다. 『신부(神父)세르기』 집필 시작하다. 재산과 저작권 포기에 따른 부부간의 갈등 및 가정 생활의 파문으로 인한 내적 고민이 선명하게 그려진 『빛은 어둠 속에서도 빛난다』를 발표하다. 12월, 가출할 마음을 갖다.

1891년 : 2월, 『문명의 열매』가 모스크바에서 처음 공연되다. 7월, 『첫발』을 쓰다. 흉년과 기아에 허덕이는 농민들을 구제하기 위해 활약, 각지에 식당을 열고 원조를 호소하며, 평론 『굶주림에 우는 농민

구제의 방법에 대하여』를 쓰다. 뢰벤펠트 감수 독역 『톨스토이 전집』이 간행되다.

1893년 : 5월, 『신의 나라는 너희 안에 있다』 탈고하다. 이는 국가와 교회 등의 권력 기구를 격렬하게 비판한 작품이다. 7~8월, 『무위』를 〈러시아통보〉에 발표하다. 8월~10월, 『종교와 국가』를 쓰다. 『기독교와 애국심』을 발표하다. 10월, 『노자』 번역에 힘쓰다. 『신의 나라는 너희 안에 있다』를 발표하다.

1894년 : 『주인과 하인』 집필 시작하다. 12월, 『종교와 도덕』 완성하다. 『카르마』, 『신의 고찰』을 발표하다.

1895년 : 3월, 『주인과 하인』을 탈고하다. 막내 아들 바치니카 세상을 떠나다. 9월, 안톤 체홉 처음으로 야스나야 폴랴나를 방문하다. 최초의 유언장을 쓰다. 『부끄러워하라』를 발표하다. 『열두 사도에 의하여 전해진 주의 가르침』 등을 저술하다.

1896년 : 『어둠의 힘』이 황실 부속 극장 상연이 허가되다.

1897년 : 『헨리 조지의 사상』, 『국가와의 관계』를 쓰다. 『예술이란 무엇인가』를 탈고하다. 『하지 무라트』를 쓰기 시작하다.

1898년 : 『신부 세르게이』, 『예술이란 무엇인가』를 발표하다. 『종교와 도덕』, 『톨스토이즘에 대하여』란 논문을 발표하다. 주목할 만한 평론인 『예술이란 무엇인가』는 예술을 위한 예술이나 부르조아 예술을 민중에 봉사하는 민중을 위한 예술을 주장하면서 예술론을 전개하고 있다.

1899년 : 3월, 『부활』이 〈나비〉지에 발표되다. 정부와 교회의 전제를 신랄하게 비판 · 도덕적 부패를 가차없이 폭로하면서도 톨스토이즘과 리얼리즘이 반영된 소설이다.

1900년 : 1월, 러시아 과학아카데미 명예회원으로 선출되다. 고리카가 톨스토이를 방문하다. 예술 극장에서 체홉의 연극 〈바냐 외숙〉을 관람한 뒤 희곡 『죽이지 말라』를 쓰다. 『현대의 노예 제도』, 『자

기 완성의 의의』 발표하다.

1901년 : 2월22일, 소설 『부활』로 인해 그리스도 정교회 최고기관인 종무원으로부터 파문을 당하다. 3~4월, 〈파문의 명령에 대하여 종무원에 보내는 회답〉을 기도하다. 노벨상 수상을 거부하다.

1903년 : 4월, 『앗시리아 왕 아사르 하돈』을 쓰다. 단편 『무도회가 끝나고 나서』를 탈고하다. 9월, 『셰익스피어와 희곡에 대하여』를 쓰다. 『노동과 죽음과 병』, 『그것은 너다』, 『정신적 본원의 의의』, 『인생의 의의에 대하여』, 『사회 개혁자들에게』, 『노동 대중에게 대한 후언』을 발표하다.

1904년 : 5월, 『반성하라』를 발표하다. 6월, 『유년시절의 추억』을 탈고하다. 비류코프의 역저 『대톨스토이전』원고를 교열하다. 『하지 무라트』를 발표하다.

1905년 : 1905년 혁명 후 혁명가들에 대한 정부의 보복을 격렬히 비판하다. 12월, 당원들의 수기와 게르센의 작품을 읽다. 체홉의 단편 『사랑스런 여자』의 발문을 집필하다. 『러시아의 사회운동』, 『푸른 지팡이』, 『코르네이 바실리예프』, 『알료쉬아 고르쉬오크』, 『기도』, 『부처』, 『대죄악』, 『세기의 종말』 등을 쓰다.

1906년 : 8월, 아내 소피아 안드레예브나가 중병을 앓다. 10월, 『인생독본』 간행되다. 11월, 『꿈꾸었던 일』을 쓰다. 『셰익스피어와 희곡에 대하여』를 〈러시아의 말〉지에 나누어 게재하다. 전후하여 『유년시절의 추억』, 『신의 짓과 사람의 짓』, 『라므네』, 『파스칼』, 『러시아 혁명의 의의』, 『국민에게』, 『러시아인에게 부치는 공개장』, 『죽이지 말라』, 『이루어진 것이 무엇인가』, 『서로 사랑하라』 등을 발표하다.

1907년 : 『너의 자신을 믿어라』, 『진정한 자유를 인정하라』, 『우리들의 인생관』 등을 발표하다.

1908년 : 『폭력의 법칙과 사랑의 법칙』을 쓰다. 5월, 『침묵할 수 없다』를 써서 사형 집해의 부당성을 지적하다. 『어린이들을 위하여 쓰인 그리스도의 가르침』, 『보스니아와 헤르체고비나의 병합에 대하여』를 발표하다. 『인생독본』의 개정에 심혈을 기울이다. 톨스토이 탄생 80주년을 기념하여 세계적으로 축하 행사가 벌어지고 수많은 톨스토이론이 발표되다. 대표적인 것으로는 『러시아 혁명의 거물로서의 톨스토이』가 있다.

1909년 : 3월~7일, 『불가피한 혁명』을 쓰다. 1월에 『사형과 기독교』, 2월에 『신문의 1호』, 7월에 『유일한 계율』, 『누가 살인자냐』, 『고골리론』, 『나그네와 대화』, 『마을의 노래』, 『돌』, 『큰 곰자리』, 『나그네와 농부』, 『오를로프의 앨범』 등을 집필하다.

1910년 : 2월, 『호드인카』를 쓰다. 3월, 희곡 『모든 것의 근원』을 완성하다. 단편 『뜻밖에』를 탈고하다. 7월 22일, 최후의 정식 유언장이 만들어지다. 8~9월, 『세상에 죄인은 없다』의 개작이 이루어지다. 10월 28일 새벽, 아내 소피아 안드레예브나에게 최후의 쪽지를 적어 놓고 의사 마코비츠카와 함께 집을 떠나다. 10월 26~29일, 최후의 저작인 『유효한 수단』을 탈고하다. 10월 31일, 여행 도중 병이 위중해져 랴자니 우랄철도의 중간에 있는 작은 시골역 아스타포브에서 차를 내리다. 11월 3일, 일기에 마지막 감상을 적다. 11월 7일(양력20일), 오전 6시 5분에 세상을 떠나다. 11월 9일, 야스나야 폴랴나에 묻히다.